경우 없는 세계에서도

부디 무탈하시기를.

배 오 턱

경 우 없 는 세 계

백온유

장편소설

경 우 없 는 세 계

창비

차례

경우 없는 세계

7

해설 | 마음이 천천히 자라는 시간 — 백지연

263

작가의 말

277

1

옥탑방에서 보내는 세번째 겨울이었다. 벽이 얇고 유리창이 한겹이라 겨울이면 벽 가까이에 앉아만 있어도 찬 기운이 몸에 끈끈하게 들러붙었다. 전기장판을 틀고 발밑에 온풍기를 켰지만 그것만으로는 몸에 스민 한기를 몰아내기 충분치 않았다. 온풍기의 붉은빛이 방을 희미하게 밝혔다. 입으로 숨 쉬는 버릇 때문에 아침에 눈을 뜨면 늘 입술이 바짝 말라 있었고 목소리가 반쯤 쉬어버리곤 했다. 코로 숨 쉬는 버릇을 들이려 테이프로 입을 막고 자보기도 했지만 잠결에 떼어내는 모양인지 아침이면 갈라진 입술에서 피 맛이 났다. 이불을 여미다가 벽 한쪽에 개어놓은 두툼한 솜이불에 눈길이 갔다. 이불 한겹 더 덮어봤자 뼛속까지 서린 추위가 가시지 않을 걸 알기에 그냥 몸을 웅크리고 눈을 감았다.

이번 겨울은 너무 따뜻해서 문제야. 이마에 송골송골 맺힌 땀을 닦으며 공장 소장이 말했다. 정말 그렇다며 주임이 거들었다. 포근해도 너무 포근하지요. 사실 이런 날씨에는 공장에 히터를 안 틀어도 되는데 말이죠. 일할 때 땀이나 나고, 안 좋아요, 안 좋아.

실제로 작업장에서는 5미터 간격으로 컨베이어 벨트 앞에 선 사람들과 공장기계가 뿜어내는 열기로 일을 하는 동안 등줄기에 땀이 흐르고 발바닥이 뜨겁게 달아올랐다. 땀이 마른 후에는 온몸에서 오한이 느껴졌고 젖었던 발바닥이 얼면서 동상의 위험이 높아졌다. 나는 땀에 젖은 옷과 양말을 휴식시간마다 벗어버리기 위해 항상 여분을 챙겨 다녔다. 그렇게 하지 않으면 추위를 견딜 수가 없었다. 그래서 소장과 주임의 대화를 흘려듣지 못했던 것이다.

춥지 않은 게 왜 문제예요. 그리고 충분히 추운데요. 발가락이 얼 것 같은데요. 퉁명스러운 내 말에 소장이 혀끝을 차며 말했다. 젊은 놈이 춥기는 뭐가 추워. 너는 좀더 굴러야겠다, 인마. 직원들이 왁자하게 웃음을 터뜨렸다. 소장은 공장에 근무하는 직원들 모두에게 나이를 불문하고 반말을 했다. 겨울이 다 끝나가도록 한번도 영하로 안 떨어졌는데, 겨울 날씨가 이 지경이면 봄 돼봐라. 공장 주위에 벌레가 들끓을 거다. 겨울은 추워야 되는 거야.

집으로 돌아온 뒤에도 나는 계속 그 말을 곱씹었다. 이번 겨울은 춥지 않다는 말을.

정말 이번 겨울은 포근한가. 하기야 이번 겨울에는 수돗물이 얼까봐 싱크대와 세면대 물을 조금씩 틀어놓고 출근한 적이 없었다. 지난주에 눈이 오긴 했지만 옥탑에 쌓이지도 않았고. 모두가 따뜻하다고 하니 그런 거겠지. 그렇다면 내 살갗을 에는 듯한 이 한파는 어디서부터 시작되었고 언제 끝나는 걸까.

잠이 오지 않았다. 오늘따라 유난히 집 안 곳곳에서 귀신들의 존재감이 느껴졌다. 문득 귀신들이 몰려들어서 이 집이 추운 건지 집이 추워서 귀신들이 드나드는 것인지 궁금해졌다. 집과는 상관없이 그저 내가 있는 곳에, 저들을 조금이라도 감지하는 인간이 머무는 곳에 몰려드는 것인지도. 존재를 드러내고 싶어 안달이 난 귀신들은 끈질기게 내 근처를 맴돌곤 했다. 내가 심한 몸살을 앓는 날이나 폭우가 내리는 날, 그것들은 그림자 같은 형상으로 눈앞에 어른거렸다. 아주 가끔씩은 거미줄이나 고양이

털 같은 가벼운 스침으로 내가 여기 있다 아우성치기도 했다.

그때, 순자가 짖는 소리가 들렸다. 1층 주인집에서 키우는 진돗개는 시야에 들어오는 모든 사람을 향해 사납게 짖어댔다. 옥탑방에서 산 3년 동안 순자와 친해지려 몇번이나 소시지와 닭가슴살을 밀어줘봤지만 개는 좀처럼 경계심을 풀지 않았다. 주인에게도 예외 없이 이빨을 드러내고 매일 아침저녁으로 만나는 사람들을 향해 침입자를 대하듯 공격태세를 취하는 것을 보면 그냥 머리가 좀 나쁜 것 같기도 했다.

희미하게 누군가 계단으로 올라오는 발소리가 들렸다. 개 짖는 소리는 계속 이어지고 있었다. 2층에는 주인집 노부부의 손자가 살았다. 옥탑방 계약을 할 때 주인 할머니는 손자가 고시 준비를 하고 있으니 소음에 각별히 주의해달라고 당부했다. 2층 남자와는 신기할 정도로 거의 마주치지 않았다. 몇달에 한번씩 마주칠 때마다 2층 남자는 다듬은 지 오래된 듯한 장발에 후줄근한 추리닝을 교복처럼 입고 다녔다. 손에는 항상 검은 봉지가 들려 있었다. 유리 부딪치는 소리로 보아 소주병일 것 같았다. 남자가 당분간 고시를 통과하기 힘드리라는 생각이 들었다.

발소리가 2층을 지나 가까워지고 있었다. 나는 벽 쪽으로 조금 더 붙어서 공간을 마련했다. 일부러 벽을 보고 누웠다. 아이들은 열쇠로 문을 열고 들어왔다. 찬바람이 순식간에 작은 방을 엄습했다. 휴대폰 불빛이 공간을 밝혔다.

"형 잔다. 조용히 해. 조심해."

내가 깰까봐 최대한 목소리를 낮추고 발뒤꿈치를 들고 잠자리를 가늠하는 것 같았지만 밖에서 묻혀 온 한기와 아이들의 몸에서 흘러나오는 활기 때문에 옥탑방이 금세 어수선해졌다. 한쪽에 개어놓은 이불을 넓게 펴서 둘이 나눠 덮는 소리가 들렸다.

이불이 일으킨 바람이 내 머리를 흩뜨렸다. 이내 휴대폰 불빛이 꺼지고, 저들끼리 머리끝까지 이불을 덮고 속살거리는 소리가 한동안 이어졌다. 한참 후 그 소리마저 잠잠해졌을 때, 나는 왜 내가 잠들지 못하고 잡생각에서 벗어나지 못했는지 알게 되었다.

2

이호를 만난 것은 6개월 전 일이었다. 여름은 내가 가장 좋아하는 계절이다. 여름 한낮에만 잠깐 온기를 느낄 수 있기 때문이다. 정확하게 말하면 뙤약볕 아래에서 일 사병이 오기 직전까지 버틸 때쯤에야 영혼까지 스며든 한 기가 조금 씻겨나가는 듯했다. 심장이 오그라드는 것 같 은 추위를 다스릴 수 있는 날은 1년에 며칠 되지 않았다.

옥상 난간에 걸터앉아 일광욕을 하며 동네를 내려다보 곤 했다. 골목골목의 폭이 좁고 낙후된 동네였다. 2층 혹 은 3층으로 된 다세대주택이 주를 이뤘고 대체로 40년 이 상 된 구옥이었다. 아직도 초록색 대문에 열쇠로 문을 여 닫는 집들이 많았다. 집주인은 우리 주인집처럼 노부부 인 경우가 대부분이었으며 출퇴근 시간을 제외하면 늘 조 용했다. 담벼락을 타고 다니는 고양이들과 하루에도 좁은 동네를 몇바퀴씩 돌며 폐지를 수거하는 노인들을 멍하니 바라보다보면 시간이 잘 갔다. 머리카락이 뜨거울 정도로 쨍쨍한 햇볕에도 내 영혼은 미지근한 온도를 유지하고 있 었다.

저 멀리, 골목을 배회하는 한 아이가 보였다. 키가 크 고 호리호리한 몸에 앳된 얼굴이었다. 열여섯, 열일곱 정 도 됐을까. 골목길을 걸어다니는 것뿐인데 배회한다는 느 낌이 든 건 내가 동네 구경을 하는 동안 이 아이가 골목의 이쪽 끝과 저쪽 끝을 몇번이나 오가고 있었기 때문이다. 목표물을 물색하는 느낌이었다고나 할까. 그런 '느낌'이 어디에서 기인하는 것이냐 묻는다면 명쾌하게 설명할 자신은 없었다. 아이는 골목의 폭을 측량하듯 두 팔을 쭉 뻗었다가 고개를 두리번거리며 길을 살폈다. 사람이 지나다닐 때면 골목 한쪽에 가만히 붙어 서서 휴대폰을 만지며 그 사람이 사라지기를 기다렸다. 왜인지 눈을 뗄 수 없어 아이의 모습을 한참 바라보고 있을 때, 그애 옆으로 빨간색 경차가 천천히 다가갔고 아이는 옆으로 잠깐 비켜섰다가 반대 방향으로 걸었다. 얼핏 보기에도 아이와 경차 사이의 간격이 너무 좁고 위험해 보인다,고 생각하기가 무섭게 사고가 났다. 아이는 경차에 부딪친 후 고통스러운 듯 소리를 질렀고 뒷범퍼를 발로 두번 찼다. 그 소리에 운전자는 즉시 제자리에 차를 세운 후 차문을 열고 나왔다. 그때부터 아이는 옥상까지 소리가 들릴 정도로 악을 쓰며 운전자에게 따지고 들었다.

"제대로 안 보고 그딴 식으로 운전하면 어떡해요, 아줌마!"

아이는 팔을 감싸 쥐고 있었다. 운전자는 30대 중반 정도의 여성이었다. 얼굴이 눈에 익은 것을 보면 이 동네에 사는 주민이었다. 운전자는 어쩔 줄 몰라 하며 아이에게 연신 사과했다. 상처를 살피러 가까이 다가가자 아이는 경계하며 뒷걸음질 쳤다. 운전자는 난처한 목소리로 당장 병원에 데려다주겠다고 했고, 직접 차 뒷문을 열어주기까지 했지만 아이는 타지 않겠다고 버텼다. 모든 대화 소리가 정확히 들리진 않았어도 보다보니 충분히 유추할 수 있었다. 나는 그 장면에 기시감을 느꼈고 하나의 얼굴이 희미한 두통을 동반하며 겹쳐졌다. 아이의 다음 행동도 예측할 수 있었다.

잠시 머뭇거리던 운전자는 엄살과 협박을 넘나드는 아이의 말재주에 넘어가 결국에는 허둥거리며 지갑에서 얼마를 꺼내 내밀었다. 운전자가 몇번 더 아이에게 병원에 가기를 권했지만 돈을 받아 챙긴 아이는 이런저런 핑계를 대며 그 자리를 빠르게 벗어났다. 잠깐만, 얘, 잠깐만 기다려! 운전자의 다급한 부름에도 뒤돌아보지 않고 꺾어지는 골목으로 들어가더니 순식간에 사라졌다. 여자는 혼이 쏙 빠진 듯 그 자리에 우뚝 서 있었다. 골목길로 들어온 오토바이가 경적을 울리자 그제야 차에 올라탔다.

골목 끝으로 사라진 아이의 잔상이 이상하게 뇌리에 남아 나는 아이가 사라진 방향을 가만히 응시했다. 그 순간, 잊어버리고 있던 무언가를 일깨우듯이 찬바람이 내 목덜미를 스치고 지나갔고 나는 겨우 품고 있던 미지근한 온도마저 잃어버렸다.

그때부터 시작된 영문을 알 수 없는 한기 때문에 나는 며칠 밤낮을 뜬눈으로 지새웠다. 한여름에 이 정도로 지독한 추위를 느낀 것은 처음이었다. 손발이 얼어 감각이 거의 느껴지지 않았고 오한에 이가 저절로 딱딱 부딪쳤다. 난방을 최대로 틀고 전기장판과 난로까지 꺼내어 몸을 데워도 소용이 없었다. 평소 체감하던 온도가 5도 안팎이라면 이 순간 몰아친 추위는 영하 20도쯤 될 것 같았다. 나는 욕실로 들어가 뜨거운 물을 틀어 몸에 끼얹었다. 냉수인지 온수인지 구분할 수 없을 만큼 몸의 감각이 무뎌져 있었다. 금방이라도 심장이 멈춰버릴 것만 같은 추위는 12년 전 그날 밤 이후 겪었던 불가사의한 증상과 너무도 닮아 있었다.

일주일 뒤 나는 퇴근 후 집으로 돌아오는 길에 똑같은 장면을 다시 한번 목격했다. 이번에는 조금 더 가까이에 서였다. 아이는 폭이 좁은 골목길에서 서행하는 차와의 거리를 살피다가 순식간에 차가 지나가는 방향으로 팔을 내밀었다. 운전자가 못 듣고 지나갈 수 없게끔 크게 비명을 지르며 차체를 발로 찼다. 이번에는 60대 정도로 보이는 여성 운전자였다. 깜짝 놀라 차에서 내린 그녀에게 아이는 그렇게 함부로 운전을 하면 어떡하냐며 거세게 몰아붙였다. 이성적으로 생각을 가다듬을 틈을 주지 않고 속사포로 몰아세웠다. 나는 아이의 수법이 고루하다고 생각했다. 12년이 지나도 방식은 변하지 않는 것 같았다.

운전자는 일단 아이의 곁으로 와서 상태를 살폈다. 어머, 괜찮니. 어두워서 내가 미처 못 봤나보다. 크게 다치기라도 한 게 아닌지 걱정하며 사색이 된 표정이었다.

"그냥 가려고 한 거 아니에요? 분명히 부딪힌 거 알았으면서 왜 그냥 가려고 했어요?"

운전자는 펄쩍 뛰며 몰랐다고, 소리를 듣고 즉시 내렸으며 모른 척하고 달아날 의도는 전혀 없었다고 해명했다. 하지만 독을 품고 파렴치범으로 몰아가는 아이의 말에 아연해져 어떻게든 아이의 기분을 맞춰주려 애썼다.

왜 다들 그렇게 선선히, 아이의 의도대로 움직여주는 걸까. 왜 의심하지 않고 사과부터 하는 걸까. 왜 당연히 자신이 실수했으리라 단정하는 걸까. 나는 속이는 아이보다 속는 그들에게서 한심함을 느꼈다. 타깃을 고르는 눈은 A보다 훨씬 뛰어난 아이일지도 몰랐다. 이 순간에 고작 이런 감상을 떠올리는 내가 역시나 글렀다고 생각했다.

"그냥 가세요."

평소 같았으면 절대로 끼어들지 않았을 텐데, 그날 내 행동은 생각을 앞질렀다.

"네?"

운전자는 당황한 목소리로 되물었다.

"보호자 되세요?"

나는 고개를 끄덕였다. 아이는 갑자기 끼어든 남자 어른의 존재에 잠시 당황했다가 기세가 꺾이면 안 된다고 판단했는지 이전보다 더 사납게 눈을 부라리며 소리를 높였다.

"아저씨가 뭔데요? 좀 빠져요. 씨발."

나는 아이가 자기 손으로 감싸 쥔 팔을 우악스럽게 잡아서 당겼다. 아이는 힘없이 끌려왔다. 그리고 운전자를 의식해 뒤늦게 신음을 내뱉었다. 하지만 지나치게 엄살 같은 신음이었고 팔이 부러지거나 인대가 늘어나진 않았다는 것쯤 쉽게 알아챌 수 있었다. 아이의 귓가에 나직이 속삭였다.

"내가 너 알거든."

"뭐라는 거야. 하, 존나 짜증나네."

운전자는 상황 파악이 안 되는지 휴대폰을 꺼내들고 아이와 나를 번갈아 보며 중얼거렸다.

"일단 전화를… 보험사에, 아니면 병원부터 가는 게 나을지… 부모님을 불러야 될 텐데."

나는 운전자의 휴대폰을 잡고 단호하게 말했다.

"아니요. 안 하셔도 된다고요."

아이는 상황이 자신에게 불리해진 것을 느끼자마자 내 손아귀에서 벗어나려 몸부림쳤다. 나는 아이를 바라보다가 다시 귓속말로 말했다.

"저번에도 이랬잖아. 지금 신고할까, 아니면 그냥 조용히 따라올래."

아이는 나를 노려보며 잠시 뻗댔지만 오래가지 못할 고집이었다. 그제야 어렴풋이 눈치를 챈 운전자가 아이를 아래위로 훑은 후 순식간에 표정을 바꾸고 노발대발했다.

"일부러 그런 거니? 설마 자해공갈 뭐 그런 거야? 뭐 이런 애가 다 있어? 사기를 치려고 해, 감히? 그냥 이렇게는 못 넘어가지."

운전자는 당장이라도 경찰에 신고할 것처럼 보였다. 나는 정중하게 고개를 숙이며 그녀에게 부탁했다.

"이거 제 명함입니다. 아는 아이라서요. 한번만 선처해주시면 안 될까요. 이런 일 또 없도록 지도하겠습니다. 제가 책임질게요."

살면서 나를 보증하겠다는 말을 들어본 적도, 누군가를 보증하겠다는 말을 해본 적도 없는데 주저함 없이 그런 말이 술술 나왔다. 나는 처음으로 누군가에게 내 명함을 내밀었다. 운전자는 명함을 한참 들여다보고 나와 아이를 번갈아서 노려봤다. 그 순간 아이와 내가 한패로, 한통속으로 묶여버린 것 같았다. 지금까지 내 신원을 누군가에게 증명해야 할 일은 거의 없었고, 있다 해도 명함을 사용할 생각은 하지 못했다. 계약직으로 2년을 일하고 정직원이 된 지 1년이 다 되어가고 있었다. 처음에 계약직으로 들어왔던 동료 중 50퍼센트는 6개월이 되기도 전에 퇴사했다. 공장에서는 2년을 버틴 소수의 직원에게 명함을 만들어주었다. 신기하기도 하고 조금 멋쩍기도 했지만 어쨌든 받아서 지갑에 넣어둔 게 다행이었다. 고작 단순 조립 공정을 맡은 직원이라고 해도 어딘가에 소속되어 있음을 증명할 수 있다는 것이 지금으로선 무척 다행이었다.

지나가던 사람들이 우리를 힐끗거렸다. 무슨 일이 있었는지 분위기를 보고 짐작한 듯 내게 팔목이 잡힌 아이를 곱지 않게 힐끔대는 시선이 느껴졌다. 좁은 골목길에 차들이 밀려들어왔고 운전자들은 경적을 울리다 못해 창문으로 고개를 내밀어 당장 차를 빼라고 소리쳤다.

운전자는 아이를 노려보다가 이내 성가신 일에 휘말리기는 싫었는지 명함에 있는 번호로 전화를 걸었다. 내 휴대폰이 울리는 것을 확인하고는 전화하면 받으세요, 하고 쌀쌀맞게 말한 후 차를 타고 골목을 빠져나갔다.

씩씩거리고 있는 아이를 가만히 바라봤다. 잔뜩 신경질이 난 것처럼 보였다. 그러나 그 눈에 깃든 것이 반항심이나 적대심보다는 두려움과 불안함에 더 가깝다는 것을 내가 모를 리 없었다. 가까이 다가가 행색을 살폈다. 얼굴은 말끔한 편이었지만 머리에 기름기가 흘렀고 몸에서는 숨길 수 없는 고약한 땀 냄새가 났다. 우선 아이를 근처 놀이터 벤치로 데려가 앉혔다. 아이는 경계심 가득한 눈으로 나를 흘끔거렸다. 체격과 힘을 가늠하는 것 같았다. 긴장한 기색이 역력했고 떨면서도 주먹을 불끈 쥐고 있었다. 덤비기라도 하려는 걸까. 최대한 어른의 품위를(내게 그런 것이 있다면) 유지하려 노력하며 차분히 말했다.

"경찰 안 부를 테니까 주먹 좀 풀지?"

"아저씨가 뭔데 이래요."

"몇살?"

"왜요? 무슨 상관이냐고요."

"대답 안 하면 신고하고."

"열일곱살이요."

드디어 조금씩 말이 통하기 시작했다.

"학교 안 다니지?"

아이는 잘못 걸렸다는 표정으로 한숨을 푹푹 내쉬었다.

"가끔은 가는데요?"

"잠은? 어디서 자는데?"

"여기저기서요. 이런 거 왜 물으시는데요."

"여기저기 어디."

아이의 숨이 조금 거칠어졌다. 화를 참기 어려운 듯 어깨가 들썩거렸다. 나는 아랑곳 않고 담담하게 아이의 대답을 기다렸다.

아이는 눈을 내리깔고 웅얼거리듯 말했다.

"공원 화장실에서도 자고, 건물 층계참에서도 자고, 돈 있을 땐 PC방 가거나… 24시 카페도 가고… 무인텔도 가고…"

"돈 있어?"

"돈이요? 아니요?"

아이는 화들짝 놀라며 고개를 저었다.

"뭘 그렇게 놀라? 네 돈 뜯을까봐? 너 일주일 전에도 똑같은 수법으로 빨간 경차 돈 뜯었잖아. 안 남았어, 그 돈?"

"아… 그건… 다 썼죠. 그 아줌마 현금 없다고 5만원밖에 안 줬어요."

내가 물끄러미 보고만 있자 아이는 억울해서 못 견디겠다는 듯 펄쩍 뛰며, 바지 주머니를 뒤집어 까 보여주기까지 했다. 진짜라니까요, 벌써 다 썼어요. 한푼도 없어요. 나는 고개를 주억거렸다. 다 썼겠지. 그날 하루 만에 탕진했겠지. 짧은 대화였지만 금방 진이 빠지는 것 같았다.

"근데요, 그때 어디서 보고 있었어요? 분명히 골목에 다른 사람 없었는데."

"하늘에서 보고 있었다. 숨겨질 줄 알았냐, 그게."

여전히 아리송한 얼굴이었지만 자해공갈을 위해 범행 대상을 물색하던 과정을 모두 봤다고 하니 민망하긴 한 것 같았다. 아이는 대꾸 없이 잠시 딴청을 피우다가 물었다.

"이제 가도 돼요? 다시는 안 그럴게요. 진짜로요. 맹세."

훈계 말고 당장 내가 할 수 있는 게 있을까. 이 정도 해두고 돌아서는 게 내게 이롭다는 걸 알면서도 발이 떨어지지 않았다. 왜 이렇게까지 아이의 일에 관여하려 하는 걸까. 이런 행동은 내게 어울리지 않았다. 뭔가에 씐 듯 섣부르게 행동하고 있다는 것을 인식하면서도 만약 아이를 이대로 보낸다면 또 끔찍한 추위에 시달릴 것 같다는 비논리적인 생각이 나를 추동했다.

"잘 곳은 있어?"

"왜요?"

"그놈의 왜요, 진짜."

"재워주기라도 하려고요?"

아이가 썩 달갑지 않은 표정으로 물었다. 나 역시 확실하게 마음이 서지는 않았던 터라 우물대고 있자, 아이는 선수 치듯 거절했다.

"됐어요."

"뭐?"

"그렇잖아요. 제가 뭘 믿고 모르는 사람 집에 가요. 이상한 사람일 수도 있는데."

그 말에 웃음이 터졌다. 아이는 생각보다 의심이 많고 신중한 편인 걸까. 바깥 생활을 하기에는 유리한 성격이었다.

"그럴 수 있지. 그 자세 좋으니까 앞으로도 계속 그렇게 유지해라. 사람 쉽게 믿지 마."

나는 아이에게 휴대폰 번호를 받아두었다. 통신요금을 내지 않아 전화나 문자는 끊긴 상태라고 했다. SNS 아이디라도 말하라고 했더니 왜 이렇게까지 하냐고 툴툴거리면서도 순순히 알려주었다.

"내가 너 보증한다고 명함까지 썼는데 그냥은 못 보내지. 너를 어떻게 믿어."

"다신 안 한다니까요."

"말은 쉽지. 너 같은 애들 내가 잘 알아."

말을 내뱉은 순간, 나는 내 실수에 잠깐 자책했다. 아이는 순간적으로 날카로운 눈으로 나를 노려보았다. 상처받은 눈빛이었다.

"나도 집 나와본 적 있으니까. 그래서 안다고. 안 하고 싶어도 하게 되는 짓들 있잖아. 하면 안 되는 거 알지만 끊을 수 없는 짓들."

일순 아이의 얼굴에서 경계심이 허물어지는 것을 느꼈다.

"진짜요?"

"그러니까 딱 보자마자 알지. 견적이 나와."

"집 나온 거 그렇게 티 나요?"

"나도 그때는 사람들이 모를 줄 알았는데 다 눈치채더

라고. 너 보니까 티가 나네. 냄새 지독해, 너."

더운 여름날, 거리를 배회하다가 지쳐 은행에 들어가 잠깐 에어컨 바람을 쐬려고 앉으면 내 주위에 앉아 있던 사람들은 슬금슬금 일어나 멀찍이 떨어졌다. 내게서 냄새가 난다는 걸 어렴풋이 알고 있었음에도 사람들의 불편한 시선을 직접 느끼자 고개를 들 수 없었다. 구걸을 하려고 한 게 아닌데 앵벌이 취급을 받고 곧 쫓겨났다.

아이가 자신이 입은 옷을 끌어다 코에 대고 킁킁 냄새를 맡고는 고개를 갸웃거렸다. 저 정도가 되면 후각이 무뎌진다는 것도 나는 이미 경험으로 알고 있었다.

"어제 씻었는데. 아니, 그저껜가?"

아이는 멋쩍은지 나를 보고 씩 웃었다.

"냄새나. 이 더운 날 며칠 동안 똑같은 옷 입었지? 어제 비 왔는데 비 맞고 돌아다녔지?"

대답이 없었다.

"너 이름이 뭐야?"

"김이호요."

"밥은?"

이호가 고개를 저었다.

"밥 먹고 가라. 옷도 좀 빨고."

불신에 찬 기색으로 마지못해 따라온 이호는 씻고 깨끗한 옷으로 갈아입었다. 나는 된장찌개를 끓였다. 계란찜과 계란프라이, 햄과 김치, 김으로 상을 차렸다. 욕실에서 나온 이호가 머리에서 물을 뚝뚝 흘리며 상으로 다가앉았다. 다듬은 지 오래된 듯 이호의 머리는 목덜미를 다 덮었다.

"야, 머리."

"아, 드라이어가 없던데요."

"그냥 수건으로 말려."

군대에 다녀온 이후로 10년 가까이 머리를 짧게 유지하고 있기 때문에 내게는 드라이어가 필요하지 않았다.

이호는 머리의 물기를 대충 짜내고 다소 급하게 내게 물었다.

"먹고 말릴게요. 먹어도 되죠?"

"먹어."

이호는 게걸스럽게 음식을 입으로 밀어 넣었다. 내가 내준 옷을 입은 이호를 살피다가 팔을 보고 나는 흠칫 놀라고 말았다. 긴 팔을 입고 있을 때는 가려져 있던 멍들이 반팔을 입자 드러났다. 거의 까맣게 보이는 부분과 보라색으로 멍든 부분, 시퍼런 피멍들이 오른팔 전체를 뒤덮고 있었다. 자해공갈을 상습적으로 한 것 치고는 지나치게 요령이 없어 보였다.

 사람 속이는 게 쉬운 줄 알아? 특히 나 같은 애는 웬만해서는 안 믿어주거든. 그러면 어떻게 해야 되겠어. 상대방이 납득할 만큼 내가 아파줘야겠지? 그쪽에서 의심할 수도 없고 반박할 수도 없게 내가 망가져야 되는 거야. 제대로 부러지고 제대로 찢겨야 사람들은 '사고를 냈구나' 겁먹고 내가 해달라는 대로 해주거든. 그래서 솔직히 나는 죄책감 같은 거 별로 안 들어. 나는 사람 속이려고 아픈 척 연기하지 않거든. 그 순간에 나는 진짜로 아파. 존나 아파서 죽을 것 같아.

 그 순간, 더없이 진지한 표정으로 자신의 '영업 철학'을 설파했던 A의 얼굴이 떠올랐다. 몸이 삽시간에 싸늘하게 식는 것 같았다. 옷을 한겹 더 입고 와보니 이호는 벌써 밥 한공기를 비운 상태였다. 나는 한공기를 더 퍼주었다.
 "얼마나 차를 두들기고 다녔으면 꼴이 그래. 그래가지고 팔 부러지겠나? 생각보다 더 상습범이구만, 이거."
 "저 딱 두번 그런 거거든요."

"그 두번 다 우연하게 내가 본 거고?"

이호는 대꾸 없이 밥을 크게 한숟가락 떠 입안으로 밀어 넣었다. 딱 두번만 그런 것이라는 말을 나는 믿지 않았다.

"한번만 더 그 짓 하면 진짜 신고할 거다."

아이는 밥 세그릇에, 한 냄비를 끓여놓았던 된장찌개까지 않은 자리에서 해치웠다.

"더 줘?"

"아니요. 배불러요."

상을 치우고 설거지를 하는 동안 이호는 자연스럽게 TV 앞에 앉아 채널을 돌렸다.

"저 폰 충전 좀요. 와이파이 비번은 뭐예요?"

물이 싱크대를 두드리는 소리, 세탁기가 돌아가는 소리, 그릇이 달그락거리는 소리, 야구 중계 소리가 좁은 집을 울렸다. 설거지를 마치고 손을 수건에 닦으며 이호를 보니 벽에 기대어 TV 화면을 보는 아이의 눈이 가물가물했다. 분명 함부로 사람을 믿지 말라고 두시간 전에 주의를 줬는데 금세 경계를 푸는 모양새가 마뜩잖았다.

나는 세탁이 끝난 빨래를 꺼내 선풍기에 걸쳐 놓았다.

"빨래 마르면 가라."

이호는 충전된 휴대폰을 들여다보며 괜히 여기저기 연

락을 취해보는 척했다.

"저기요, 아저씨. 돈 빌려달라고 하면 빌려줄 거예요?"

"아니."

"그럴 줄 알았어요. 그러면요, 재워달라고 하면요?"

좁은 방을 눈으로 훑었다. 내가 잘 공간과 이호가 잘 공간을 가늠했다. 좁았지만 두 사람이 몸을 누이기엔 충분했다. 모르는 사람을 집에 들이는 건 미친 짓 아닌가. 요즘 세상에. 그러면서 훔쳐갈 만한 것, 값어치 있는 물건이 있는지 따져보았다. TV와 노트북 정도일까. 하지만 모두 구형이라 팔아봤자 돈이 되지 않을 가전제품들이었다. 나도 모르게 어떻게든 이호를 재우는 방향으로 마음을 먹고 있었다.

"너 내가 이상한 사람이면 어쩌려고."

"아저씨를 믿는 건 아니에요. 그래도 답이 없으니까요."

솔직한 이호의 대답에 오히려 안심이 되었다. 불을 끄고 자리에 누웠다. 이호는 원래 더위를 많이 탄다며 내 쪽으로 이불을 다 밀어주었다. 말은 그렇게 했지만 이불 하나를 나눠 덮는 게 미안하고 어색한 것 같았다.

"하루만 자고 갈게요. 재워주셔서 감사해요."

웅얼거리듯 말하고 이호는 금세 잠들었다. 바깥 생활이 고단했던 모양인지 코를 골면서 잤다. 나는 그 소리가 낯설어 조금 뒤척이다가 평소보다 늦게 잠들었다. 알람 소리를 듣고 몸을 일으켰을 때, 이호가 이불을 뺏어서 몸에 말고 자는 것을 보고 헛웃음이 나왔다. 나는 불현듯 깨달았다. '그날' 이후 처음으로 떨지 않고 잤다는 것을. 귀신들의 수런거림에 시달리지 않고 개운한 아침을 맞이했다는 것을.

하루만 자고 가겠다던 이호는 2주 뒤에 진혁을 데리고 왔다. 처음 봤을 때 꼴이 이호 못지않았다. 이호는 쭈뼛거리며 내게 허락을 구했다. 진혁을 허락해주지 않으면 둘 다 나가서 노숙을 할 기세라 어쩔 수 없이 허락했다. 진혁은 오래 노숙을 하다가 사회복지사에게 발견돼 시에서 운영하는 쉼터로 인계됐었다고 했다. 그곳에서 귀가조치 통보를 하는 바람에 집으로 불려 들어갔고 다시 집을 나온 후로는 눈에 띄지 않는 화장실이나 공원에서 잠을 잤다고 했다. 이호와 진혁, 둘은 자주 다투면서도 항상 붙어 다녔다. 이따금 이호와 진혁을 따라와 잠만 자고 가는 아이가 몇 더 있었다. 아저씨라고 했다가 형이라고 했다가 저기요,라고 했다가 마음대로 나를 부르던 이호는 언젠가부터

'인수형'이라고 부르기 시작했다.

아이들은 열대야가 계속되자 차라리 바깥에서 자는 게 낫겠다며 옥탑의 평상에 드러누웠다. 혼자 살 때는 에어컨을 설치할 필요성을 못 느꼈기에 나는 아이들의 벌겋게 익은 얼굴을 보며 몹시 당황했다. 아침이 되자 밤새 모기에 뜯긴 아이들이 피가 날 정도로 팔다리를 벅벅 긁고 있었다. 페트병에 물을 담아 얼려놓았다가 아이들에게 하나씩 안겨주었지만 햇볕을 그대로 받는 옥탑방의 높은 온도 때문에 그마저도 금방 녹아버렸다.

비용 문제는 차치하더라도 에어컨을 가동했을 때 발생할 문제가 그려져 이러지도 저러지도 못했다. 에어컨을 사면 아이들이야 좋겠지만 나는 한여름에 덜덜 떨게 될 것이다. 이호가 집에 온 이후 살을 에는 매서운 추위에 시달리는 일은 거의 없었으나 여전히 나는 여름에도 두꺼운 이불을 덮고 자는 신세였다.

어느 날 선풍기 하나를 두고 왜 너만 바람을 맞느냐, 왜 그렇게 이기적이냐, 내가 뭘 어쨌다고 그러느냐, 티격태격하던 아이들의 밀다툼이 갑자기 몸싸움으로 번졌다. 가만히 앉아만 있어도 땀이 주룩주룩 흐르는 날씨에 아이들의 인내심은 쉽게 바닥을 보였다. 내가 뜯어말려도 무시하고 엎치락뒤치락하며 한대씩 주먹을 주고받다가 갑자기 이호가 진혁을 밀치면서 벌떡 일어났다.

"씨발! 더이상은 못 참아."

금방이라도 집을 박차고 나갈 기세였다. 아이를 달래기 위해서 지금이라도 에어컨을 설치하겠다고 말해야 하나, 내 자리에만 전기장판을 틀어놓는다면 참을 수 있지 않을까, 나는 머리를 굴렸다.

이호는 성큼성큼 욕실로 들어갔다.

"형! 물 좀 끼얹어줘요."

"씨발, 나도! 뒤질 것 같다."

이호와 진혁은 언제 치고받았냐는 듯 웃옷을 벗고 나란히 파란색 타일 바닥에 엎드렸다. 주춤주춤 다가가 차가운 물로 등목을 시켜주자 아이들은 즐거운 비명을 질렀다. 까무잡잡한 등을 타고 목덜미와 뒷머리를 적시며 물줄기가 쏟아져 내렸다. 나는 아이들의 웃음소리가 듣기 좋아 팔이 뻐근할 때까지 바가지로 물을 계속 끼얹었다.

"후! 이제 살 것 같다. 형! 형도 해줄까요?"

한결 편안해진 표정으로 진혁이 물었다.

"아니. 난 됐어."

"왜요? 진짜 시원한데."

"괜찮아. 별로 안 더워."

그때 이호가 물이 나오는 호스를 잡더니 내 쪽으로 쏘아댔다. 물을 피하려 허우적거리다가 욕실 바닥에 넘어져 도리어 옷을 입은 채로 쫄딱 젖어버렸다. 내 모습이 우스꽝스러운지 아이들은 웃음을 참지 못했다. 나는 대야에 받아둔 물을 아이들에게 뿌렸다. 물세례를 받은 이호는 어푸어푸하면서 다시 호스를 들어 마구잡이로 뿌려댔다. 우리는 좁은 욕실에서 그렇게 한참 동안 물장난을 했다.

"형. 괜찮아요? 입술이 파래요."

거울을 보니 얼굴에는 핏기가 사라졌고 몸도 벌벌 떨리고 있었다. 하지만 확실한 건 죽을 만큼 춥지는 않다는 것이었다. 우리는 물기를 닦아내고 옷을 갈아입은 뒤 평상에서 수박을 먹었다. 한번도 피서를 가본 적은 없지만 피서를 가는 사람들은 이런 기분을 누리기 위해 떠나는 것이 아닐까 싶을 정도로 마음이 편안하고 느긋했다.

그렇게 아이들과 여름과 가을을 보냈고 겨울까지 함께 맞이했다. 가을이 끝나갈 무렵 나는 두툼한 솜이불을 한 채 샀다.

3

처음에는 가출을 하고서도 내가 한 게 가출이라는 생
각을 못했다. 그저 아버지와 부딪치지 않기 위해 자리를
피하는 것, 나를 바라보는 시선에 깃든 경멸과 혐오를 참
지 못해서 잠시 24시 카페나 패스트푸드점에서 시간을 보
내는 것에 불과했다. 가출이라는 단어에는 투쟁심이나 반
항심 같은, 결연한 의미가 내포되어 있다고 생각했다. 내
가 하는 것은 회피나 은신이라고 불러야 할 것 같았다.

거리를 배회하는 날이 점점 늘었다. 집이 코앞인데도
놀이터나 공원에서 자다가 경찰에게 잡혀 어머니를 호출
하는 일이 몇번 반복되었다. 학교 결석일수가 늘자 어느
날 아버지는 더는 두고 볼 수 없다며 여름방학이 시작되
기 전에 전학수속을 끝낼 것이라고 통보했다. 전학이라
니. 나는 말뜻을 알아들을 수 없어 어리벙벙한 얼굴로 설
명을 기다렸다. 공기 좋고 물 맑은 지방에 위치한 기숙학
교는 소수로 구성된 학급에다 학생의 자기개발을 적극적
으로 지원해주는, 그 지역의 명문이라고 했다. 외국인 교
사가 여럿이니 영어가 많이 늘 거라며, 아주 좋은 기회라
고 어머니는 나를 설득했다. 자기 입으로 말하면서도 아

리송한 표정이었다. 그런 학교가 날 왜 받아주지? 의문이 들 때쯤 어머니가 덧붙였다.

"재단 이사장님이 아버지랑 같은 로타리클럽 회원이셔."

"그래도 갑자기 전학을 가는 건 좀…"

아버지는 내 미래를 위해서 내린 결정이니 잔말 말고 따르라고 했다. 나는 아버지가 통보한 바로 그날 당장 짐을 꾸려야 했다. 옷가지와 세면도구, 필기도구를 챙겨주던 어머니는 그리 중요한 것은 아니지만 알아두라는 듯 우물거리며 말했다.

"아, 외출은 두달에 한번 허용된다고 하더구나."

아버지는 나를 유배 보내려는 것이었다. 눈앞에서 치워버리려고 발 빠르게 수를 쓴 것이었다. 어머니도 동조하고 있다는 것이 나는 믿어지지 않았다. 다음 날, 아침부터 우리는 부지런히 움직였다. 차에 짐을 싣고 새로운 학교로 가는 길은 특별할 게 없었다. 나는 여전히 현실감이 없어 멍하게 차창 밖을 바라볼 뿐이었다. 새 학교에 적응할 수 있을지, 그 학교에서는 투명인간 신세를 면할 수 있을지, 두달에 한번만 외출할 수 있다는 교칙은 과연 누가 어떤 목적으로 정한 것일지 궁금증이 일기도 했지만 깊게 생각하고 싶지 않았다. 몇시간을 쉬지 않고 달리던 차가 휴게소에 멈춰 섰다. 아버지가 화장실에 갔을 때 어머니는 창을 열고 바깥 구경을 하다가 지나가던 가족을 물끄러미 바라보았다. 엄마, 아빠, 아들, 딸. 그 가족은 피서를 가는 것인지 모두 가벼운 옷차림이었고 밝게 웃고 있었다. 어머니가 그 가족을 부러워하는 것 같아 마음이 쓰렸다. 그때 어머니가 나를 돌아보았다.

"인수야, 호두과자 먹을래?"

어머니는 그 가족을 부러워하는 게 아니라 그들이 나눠 먹고 있는 호두과자를 보고 있었던 것일까.

"전 핫도그요."

"사 와. 커피도 한잔 사 오고."

어머니는 내게 지갑을 건넸다. 나는 호두과자를 사러 가다가 휴게소에 세워져 있던 아무 버스에 올라탔다. 내가 타자마자 운전기사는 빨리 앉아 안전벨트를 매라고 짜증을 냈고 버스는 곧 출발했다. 창문을 통해 화장실에 다녀온 아버지가 차에 올라타는 것을 지켜보았다. 버스는 동서울터미널로 향했다.

미성년자 단속이 그리 엄격하지 않은 시절이었다. PC

방에서 밤을 새우는 아이들을 심심치 않게 볼 수 있었다. 하루 종일 게임을 했고 배가 고프면 컵라면을 사 먹었다. 혹시나 눈에 띌까봐 구석 자리에 앉아 틈틈이 새우잠을 잤다. 휴게소에서 도망친 후 일주일간 나는 휴대폰 전원을 꺼두고 있었다. 회유에 넘어가 집에 돌아가면 그날부터 다시 폭군처럼 날뛰는 아버지를 상대해야 한다는 걸 알고 있었기 때문이었다. 어머니 지갑에 있던 현금이 떨어져갈수록 마음은 초조해졌고 남은 돈으로는 하루나 이틀 정도 버틸 수 있겠다는 결론에 도달하자 슬그머니 휴대폰을 켰다. 걱정이 가득한 연락이 얼마나 와 있을지, 이쯤하고 못 이기는 척 집으로 돌아가는 게 유일한 선택지가 아닐지 생각했다. 기대와는 다르게 어머니에게서는 내가 도망친 당일에만 몇차례 전화가 왔었고 다음 날부터는 아무런 연락도 없었다. 더이상 기회를 주지 않겠다는 메시지를 전한 것이었고 그게 아버지의 뜻이라는 걸 나는 듣지 않아도 알 수 있었다.

　돈을 아끼려 컴퓨터 이용시간을 추가하지 않고 흘끔거리며 사람들을 관찰했다. 이전과는 다른 시선을 갖게 된 것 같았다. 오가는 사람들이 아무런 경계심이나 의심 없이 자리에 지갑을 두고 흡연구역에 가는 것이 보였다. 손만 뻗으면 금방 닿을 듯 지갑이 확대되어 보였다. 하지만 사방에 CCTV가 있었고 나는 사각지대가 어딘지 알 수 없었기 때문에 지갑에 손댈 용기는 나지 않았다.

화장실에 가는 길에 한 아이가 후드티를 뒤집어쓰고 잠들어 있는 것을 보았다. 키보드 자국이 얼굴에 다 남도록 웅크려 잠들어 있었다. 쟤는 왜 집에서 안 자고 여기서 저런 모양으로 잘까, 궁금증이 일었다. PC방 사장이 뒷짐을 지고 가게를 도는 것이 보였다. 나는 재빠르게 충전 기계로 달려가 이용시간을 한시간 추가했다. 사장이나 알바들은 가끔 가게를 한바퀴 돌며 컴퓨터를 켜지 않고 자리만 차지한 채 시간을 때우고 있는 사람들을 내보냈다.

"너. 시간 추가 안 할 거면 나가. 여기가 모텔이야?"

40대 중후반 정도로 보이는 PC방 사장은 험상궂은 인상이었다. 이용객 대부분이 남자 중고등학생, 중년 남성으로 구성되어 있음에도 큰 소란이 없는 이유인 듯했다. 후드티를 뒤집어쓴 아이가 벌떡 일어나지 않고 꾸물거리자 사장은 아이의 뒷덜미를 잡아채서 강제로 일으켰다. 후드는 팔을 휘저어 사장을 떨쳐내며 욕설을 내뱉었다.

"이 새끼가. 곱게 안 나가? 너 얼마 전에도 돈 안 내고 여기서 잤지? 딱 봐도 거지 같아서 내버려뒀더니만."

"아, 뭐요. 만지지 말라고요. 추가하면 되잖아요."

불똥이 튈까 두려워 조마조마한 마음으로 애써 게임에 열중하는 척했다. 그때, 후드가 별안간 성큼성큼 다가오더니 손을 내밀었다.

"야, 천원만. 이따 갚을게."

갚지 않을 것 같았다. 후드를 올려다보며 우물쭈물하다가 돈이 없다고 말했다.

"갚는다고. 못 갚으면 내가 메이플 아이디 넘긴다."

그 말을 곧이곧대로 들을 만큼 순진하지는 않았지만 눈빛에 못 이겨 주머니에 있던 돈을 그애의 손바닥 위에 올렸다. 후드는 언제 그랬냐는 듯 짜증스러운 표정을 풀고 씩 웃어 보였다. 요금을 충전하고 돌아온 후드는 내 옆으로 아예 자리를 옮겨 앉았다. 무척 부담스럽고 심란했다. 이용시간도 거의 끝나가겠다, 돈도 거의 떨어졌겠다, 자연스럽게 나가야 할 때라고 직감했다. 잘못 걸리면 남은 돈도 뜯길 것 같은 불길한 예감이 들었다.

"그냥 가게?"

조용히 자리를 정리하는 나를 보며 후드가 물었다.

"시간 20분이나 남았잖아. 마저 해."

사장을 향한 객기가 이해될 정도로 강한 인상이었다.

나와 키는 엇비슷해 보였지만 어깨가 넓고 흉곽이 두꺼워서 훨씬 우람한 체격이었다. 노란 머리에 눈썹에는 스크래치가 있었다.

후드의 제안을 거절하지 못하고 다시 자리에 앉아 게임을 했다.

"몇살이야?"

후드가 물었다.

"열일곱."

"동갑이네. 뭔가 그럴 것 같았어. 너 며칠 전부터 여기 있었지."

후드가 빙글빙글 웃으며 말했다. 이미 나를 다 안다는 듯한 표정으로.

"뭐?"

"여기서 밤 새웠잖아."

5분 전까지만 해도 그애의 존재를 인식조차 못했는데 후드는 나를 지켜보고 있었다는 걸 알게 되니 기분이 묘했다.

"너도 여기서 잤나보네?"

"난 자주 여기서 시간 때우는데? 나온 지 얼마나 됐냐?"

그애는 내가 가출했다는 걸 확신하고 있었다.

"일주일. 아니, 이제 일주일하고 하루 더."

"얼마 안 됐네."

카페와 PC방에서 지새우는 밤이 너무 길어서 나는 일주일이 한달처럼 길게 느껴졌는데 후드는 대수롭지 않다는 듯 말했다.

"넌 얼마나 됐는데."

"이번에는 한달? 그전에도 몇달 동안 밖에서 살았는데 엄마한테 잡혀서 집 들어갔다가 지겨워서 또 나왔어."

후드는 아무렇지도 않게 자기 이야기를 하더니 곧장 메이플 서버에 접속했다. 후드의 직업은 해적이었고 나의 직업은 도적이었다. 나는 도적 중에서 섀도어였고 후드는 해적 중에서 캡틴이었다. 후드는 손가락이 보이지 않을 정도로 조작이 능숙했고 소환수를 자유롭게 운용했다. 사냥에 나갈 때면 몬스터의 공격을 피하고 침착하게 스킬을 돌리는 집중력이 대단했다. 나는 후드의 모니터를 힐끔거리다가 어느 순간부터는 내 캐릭터를 버려둔 채 넋을 놓고 구경했다. 캡틴은 복잡한 만큼 매력적이었고 후드가 정조준에 성공할 때마다 나도 모르게 탄성이 나왔다.

"돈 있으면 라면 먹을래?"

후드는 꽤 친근한 말투로 내게 권하는 척했다.

"아껴 써야 되는데."

"아까 만원짜리 있는 거 봤거든. 야, 좀 사줘. 제발. 배고파서 그래. 그것도 갚을게."

분명 강요당하고 있는 것이었지만 후드의 말투가 자연스럽고 은근히 사근사근해서 그렇게 굴욕적이지는 않았다. 남은 돈으로 라면 두개와 계란프라이가 올라간 김치볶음밥까지 주문해 같이 먹었다. 우리는 뒤를 생각하지 않고 돈이 다 떨어질 때까지 게임에 몰두했다.

"이름이 뭐야."

"이성연. 너는."

"정인수."

"나 잘 만한 곳 알아. 거기로 가자."

솔직히 말하면 여기서 갈라지자고, 나는 이만 집으로 돌아갈 거라고 말하고 싶었지만 왜인지 입이 떨어지지 않았다. 어차피 다른 선택지도 없다는 핑계를 스스로에게 대며 쫄래쫄래 성연을 따랐다.

PC방을 나와 좁은 골목의 모퉁이를 돌자마자 성연은 주머니에서 지갑을 꺼냈다. 오래 쓴 탓인지 인조 가죽이 거의 갈라지고 벗겨진 지갑이었다. 성연은 속에 든 지폐만 빼고 지갑은 주위에 있던 쓰레기봉투 더미에 아무렇게나 버렸다. 아연한 표정으로 바라보는 내게 그 돈 전부를 내밀었다.

"자. 다 너 가져라."

"뭐야? 갑자기 어디서 났어?"

"고스톱 하는 아재한테서."

"훔친 거야?"

"당연하지."

뭐 그렇게 뻔한 걸 묻느냐는 듯 성연이 살짝 눈살을 찌푸렸다. 심장이 덜컥 내려앉았다.

"언제?"

"나오는 길에. 빨리 받아."

나는 성연이 내민 돈을 내려다보았다. 천원짜리 지폐와 만원짜리 지폐가 섞여 있었는데 5만원은 족히 될 것 같았다. 나는 꺼림칙한 마음을 밀어내고 만원 한장만 받아 주머니에 넣었다.

"뭐야?"

"왜 이걸 내가 다 가져. 난 네가 빌려간 돈만 받은 거다."

성연은 조금 의아하고 황당하단 표정으로 나를 쳐다보

더니 갑자기 웃음을 터트렸다. 재밌다는 듯 고개를 반복
해서 끄덕이며 남은 돈은 자기 주머니에 쑤셔 넣었다.

"그래, 뭐. 그러든지."

돌이켜보면 그 순간 성연의 행동을 목격하고 내가 보
였던 태도는 나의 근본적인 문제를 함축하고 있었다. 부
도덕하다는 것을 머리로는 알지만 언제나, 나름대로 선을
지키며 살아간다고 변명하며 상황에 휩쓸리는 것 말이다.
그날도 나는 주도적으로 죄를 짓지는 않았으며 나의 죄를
군이 꼽자면 방관하는 것 정도라고, 큰돈을 탐낸 적이 없
으니 이건 생계형 범죄라고 손쉽게 나 자신에게 면죄부를
주었다.

그날 성연을 따라간 곳은 성일빌딩 3층 화장실이었다.
성연이 말한 '잘 곳'이라는 공간이 화장실인 것을 알고 충
격을 받았지만 성연은 이렇게 깨끗한 화장실도 별로 없
다며, 운이 좋은 줄 알라고 했다. 성일빌딩 2층에는 은행,
3층에는 보험사가 있어서 다른 빌딩 화장실보다 훨씬 관
리가 잘되는 편이라고 설명도 해주었다. 그러고 보니 화
장실인데도 지린내가 전혀 나지 않았고 오히려 좋은 향이
났다. 은은하고 따뜻한 느낌의 조명이 화장실을 밝히고
있었다.

"겨울에는 히터도 틀어. 하나도 안 추워. 일곱시 전에만 나가면 돼. 그때 청소하는 아줌마들 오거든."

아무리 깨끗한 화장실이라도 타일 바닥에 몸을 누이고 싶진 않았지만 후드만 바닥에 깔고 그 위에 벌러덩 눕는 성연을 보자 망설이고 있는 내가 바보처럼 느껴졌다. 내 모습을 아버지가 본다면 또 남자답지 못하고 비난할 것 같았다. 포기하듯이 성연 옆에 나란히 누웠다. 놀랍게도 등이 퍼지는 감각에 나도 모르게 기분 좋은 한숨을 내뱉었다. 몸의 긴장이 풀리는 느낌에 금방이라도 잠이 쏟아질 것 같았다. 일주일 만에 바닥에 등을 대고 자보는 것이었다.

성연이 그날 왜 하필이면 내게 돈을 빌린 것인지, 왜 나를 친근하게 대하는 것인지 함께 다니면서도 의구심이 들었다. 첫 만남 때 쉽게 돈을 빌려준 것이 성연의 마음에 들었나보다 하고 짐작할 뿐이었다. 지내며 알게 된 거지만 성연은 동갑내기들에게 적대적인 경향이 있었고 쉽게 적을 만드는 편이었다. 처음 보는 사람에게도 편하게 말을 걸고 금세 친구가 되었지만 그만큼 뚜렷한 이유 없이 주먹다짐을 하거나 날을 세우곤 했다. 나에게만큼은 그러지 않았다. 물론 나를 자주 골탕 먹였으며 내가 뒤에 물러서서 우물쭈물하고 있을 때 욕을 지껄이기도 했지만 힘으로 짓뭉개려 하거나 곤란한 기색을 내비칠 때 억지로 강요하지는 않았다. 적어도 성연과 있을 때 굴욕감을 느낄 일은 없었기 때문에 종종 버겁다고 느껴질 때에도 그애와 거리를 둘 생각은 하지 않았다.

4

성연과 있을 때면 단 한번도 경험하지 못한 감정을 느낄 수 있었다. 들뜬 표정을 드러내지 않으려고 노력했지만 그게 정말 티가 안 났을까. 확신할 수 없다. PC방이나 노래방, 뒷골목과 모텔촌에서 무리를 지어 다니는 아이들을 마주쳤을 때 그애들이 성연 옆에 있는 내게 관심을 갖고, 이름과 버디버디 아이디를 물어보는 것이 처음에는 너무나 불안했다. 잘못한 것이 없는데도 뭔가를 책잡힌 것 같은 느낌이 들었고 그애들이 무리한 요구를 하지 않을지, 셔틀처럼 부려먹지는 않을지 지레 겁먹고 긴장했다. 하지만 성연과 함께 있으면 아무도 함부로 대하지 않았다. 성연은 그런 애들과 맞닥뜨리면 허락도 구하지 않고 자연스럽게 상대방의 주머니를 뒤져 담배나 지폐 몇장을 자기 주머니에 넣었다. 능글능글 웃으면서 "좀 빌린다. 다음에 줄게, 진짜로" 천연덕스럽게 말했고 아이들도 기분 나쁜 기색 없이 순순히 내주었다. 성연은 아이들이 보는 앞에서 내게 뜯지도 않은 담뱃갑을 넘겼다. 나는 담배를 피우지도 않으면서 주머니에 챙겨 넣었다. 내 주머니에 있는 것이 성연의 것이었고 성연의 주머니에 있는 것은 나도 눈치 보지 않고 쓸 수 있었다. 아이들이 성연에게 형들이 있는 노래방에 가자거나 여자애들이 모여 있는 주점에 가자고 꼬드길 때면 성연은 "정인수. 어디 가고 싶냐, 넌?" 하고 내 의견을 물었다. 아이들의 눈길이 순식간에 내게 꽂혔고 나는 결정권자가 된 듯한 기분을 느꼈다.

"주점."

솔직히 나는 단 한번도 노래방을 가보지 못했다. 당연히 주점은 드라마에서나 본 곳이었다. 느낌상 노래방보다 조금 더 퇴폐적이고 자유분방한 인상이었기 때문에 그곳을 골랐다. 성연은 웃음을 터뜨리며 내 어깨에 팔을 둘렀다. "여자 보러 가고 싶다는 거지? 가자 그럼." 어깨동무를 한 우리가 앞장서고 나머지 아이들은 우리 뒤를 따라서 왔다. 몇번 그런 경험을 하니 저절로 어깨가 펴지고 가슴이 뿌듯해졌다.

　나는 성연이 나로 인해 창피를 당할까봐 여럿이 있을
때는 최대한 쭈뼛거리거나 자신없는 말투를 쓰지 않으려
노력했지만 말을 하다보면 내게 집중되는 시선에 쉽게 흥
분하게 되었고 나도 모르게 목소리가 커졌다. 어느 날 성
연이 잠시 자리를 비웠을 때 구석에서 나를 냉담한 시선
으로 바라보던 아이가 갑자기 가까이 다가왔다. 그러고는
"씨발. 혓바닥에 모터 달았어? 입 좀 다물어" 하고 신경질
적으로 뇌까렸다. 그 아이는 내 얼굴에 담배 연기를 뱉었
다. 주변에 있던 아이들은 내가 눈을 뜨지 못하고 콜록거
리는 것을 즐거워했다.

　　5

　학교에 다닐 때는 모두가 내게 무관심했다. 고등학교
1학년 6월까지는 학교에 다녔으니 초중고를 합쳐 10년 가
까이 학교생활을 한 셈인데 신기할 정도로 기억에 남는
친구도, 선생님도, 추억도 없었다. 그렇다고 해서 왕따를
당한 것은 아니었고 어떤 이유로든 주목을 받은 적이 없

다는 게 정확한 표현일 것이다. 나는 부유하듯 학교를 오갔지만 한가지만은 명확히 알고 있었다. 이 세계에는 나의 안위를 걱정하는 존재가 없다는 것.

초등학교 때부터 학업 성적이 좋지 않았고 진도를 따라가지 못했다. 선생님들은 자주 내 이름을 잊었다. 초등학교 5학년 담임은 나와 눈이 마주치기만 하면 슬쩍 눈길을 피해 교탁에 붙여진 책상 배치도를 확인했다. 거기 적힌 이름을 확인하고 나서야 내 이름을 불렀다. 이번에는 인수가 한번 읽어볼까. 담임은 들키지 않았다고 생각했을지 몰라도 나는 매번 알아챘다. 등굣길에 교문 앞에서 내가 인사를 하면 다른 학년 아이나 다른 반 아이를 대하듯 응, 그래, 하고 무감하게 인사를 받아주었다. 다른 아이들에게는 응, 지원이 일찍 왔네. 수현이 아침 먹었어? 상인이 졸린가보구나, 선생님이 사탕 줄게. 그는 그렇게 한명 한명 이름을 불러줄 수 있는 사람이었다.

기억하는 한, 아버지가 나를 마음에 들어한 적은 손에 꼽았다. 어린이집 장기자랑 때, 어린이집에서 어버이날 카네이션을 만들었을 때, 초등학교 1학년 때쯤 존경하는 사람을 꼽아 그 사람에 대해 조사하는 숙제에서 아버지를 적었을 때 정도일까.

강압적이며 자기와 가까운 사람들에게 몹시 엄격한 아버지가 내게 분노하는 지점은 너무나 다양하고도 변칙적이라 나는 지뢰밭을 걷는 심정으로 조심조심 살았다. 그러나 그마저도 아버지를 화나게 하는 요소가 될 뿐이었다. 아버지는 말끝마다 내게 '없이 자란 애'처럼 행동하지 말라고 했다. 부모 없이 자란 애처럼 행동하지 마라. 너는 잘난 부모를 뒀다. 돈 없이 자란 애처럼 행동하지 마라. 우리 집은 돈이 있다. 아버지의 불만을 요약하자면, 부족한 게 전혀 없는 환경인데도 나는 모든 면에서 '없어 보인다'는 것이었다. 늘 주눅 들어 있는 것 같은 표정이 아버지는 답답하다고 했다. 체력이 약하고 겁이 많다는 점도 아버지를 화나게 했다. 생일에도 친구 한명을 집에 데려오는 법 없다는 점이 아버지를 실망시켰으며 비싼 브랜드의 옷을 입어도 나는 어딘지 모르게 빈티가 난다는 것이… 아버지를 한숨짓게 했다(도대체 어쩌라는 건가).

나는 항상 잔뜩 긴장하고 있어서 내가 저지른 잘못이 아닌 일에도 아버지나 선생님이 두세번 다그치면 항복하듯 내가 그랬노라 시인해버렸다. 뒤늦게 진짜 범인, 혹은 진상이 밝혀진 후에는 왜 하지도 않은 일을 했다고 말해서 일을 복잡하게 만드느냔 비난과 질타를 받았다.

틈만 나면 아버지는 나의 모자람을 어머니 탓으로 돌리며 쥐 잡듯 몰아세웠다. 아버지가 내 행실에 대해 지적할 때 어머니는 몸을 옹송그리고 어쩔 줄 몰라 하면서도 용기를 내어 나를 보호했다. "아직 어려서 그래요. 조금만 더 크면 잘할 거예요. 당신이 가르쳐줘요." 하지만 사춘기에 접어들어 폭식으로 스트레스를 해소하면서 몸이 급격하게 비대해지자 어머니조차 한숨을 내쉬는 횟수가 늘어났다. 조금만 굼뜬 모습을 보이면 왜 그렇게 미련하니, 왜 그렇게 대책이 없니, 하며 고개를 절레절레했다. 어머니는 나의 성장을 기대했다고 했다. 아버지가 어머니를 함부로 대하지 못하게끔 관계를 조율하는 아들을 상상했던 것도 같았다. 어머니가 바라는 아들이 되기에는 내가 생각해도 나는 유약했고 끈기가 없었다. 공부든 운동이든 금세 포기하고 주위를 두리번거리며 차라리 나의 결함을 타인이 먼저 알아채고 나에 대한 기대치를 낮춰주길 바랐다.

어머니는 아주 사소한 이유로도 아버지에게 시달렸는데 나라는 존재가 또 하나의 빌미를 더하는 것 같아서 어머니에게는 늘 미안한 마음이 들었다.

아버지는 항상 거실 모서리를 향해 사냥하듯 어머니를

몰았다. 어머니는 도망치거나 맞설 의지가 없었고 매번 조금이라도 맞는 면적을 줄이려 벌레처럼 동그랗게 몸을 말았다. 좀처럼 이해할 수 없는 부분은 아버지가 언제나 취기 없는 맨정신으로 어머니를 폭행했다는 사실이다. 어머니의 몸이 믿을 수 없이 동그랗게 말려 완전한 구가 되었을 때 아버지는 어머니의 약한 부분, 옆구리나 머리만 골라서 발끝으로 찍어 누르듯 찼다.

그즈음 나는 고등학교 입학을 앞두고 거의 매일 학원 특강을 들으러 다니고 있었다. 어머니는 내가 중학교 내내 성적을 내지 못하고 헤맨 게 선행학습이 부족해서였다고 생각했다. 어느 날 특강을 마치고 집에 돌아와 현관문을 열고 들어서자마자 어머니의 비명이 들렸다. 평소에 어머니는 이를 앙다물고 폭행을 견뎠는데 그날은 도저히 참기 어려운 지경까지 몰린 것 같았다.

당장이라도 뜯어말려야 하는 상황이었지만 나는 아버지가 두려워 가까이 다가서지 못한 채 하지 마세요, 그러지 마세요, 하고 외쳤다. 아버지는 발길질을 멈추지 않았다. 더 머뭇거리다가는 어머니의 목숨이 위태로울 수도 있을 것 같아 발을 동동 구르다가 신고를 하기 위해 휴대폰을 꺼냈다. 112를 누를지, 119를 누를지 망설이고 있을

때 나는 머리가 산발이 된 채 바닥에 웅크려 있는 어머니
와 눈이 마주쳤다. 헝클어진 머리칼 사이로 보이는 눈이
나를 매섭게 노려보고 있었다. 아니, 정말로 어머니가 나
를 노려봤는지, 나를 원망했는지, 그저 나의 착각일 뿐이
었는지 알 수 없지만 그 순간 나는 소스라치게 놀라 손에
서 휴대폰을 놓쳤다.

　뒤늦게 아버지에게 달려들었다. 허리를 두 팔로 단단히
끌어안고 어머니에게서 떨어뜨려놓았다. 아버지는 내 무
게에 떠밀려 잠시 주춤했다가 벗어나기 위해 몸을 뒤틀었
는데 나를 쉽게 떼어내지 못했다. 그사이 어머니는 모서
리에서 벗어나 피가 흐르는 코를 틀어막았다.

　어머니는 잠시 중심을 잡지 못하고 휘청대다가 내가 아
버지를 밀어붙이는 모습을 보고 목소리를 쥐어짰다. 그만
해. 여보, 제발 그만해요. 인수야, 그만해. 엄마 괜찮아. (대
체 뭐가?) 어머니는 멀리 도망가지도 못하고 벽에 기대어
간신히 숨을 고르고 있었다. 갑자기 울분을 참을 수 없어
져 아버지를 감아 안은 팔에 힘을 줬고 아버지는 순간 숨
이 막혀 흡, 하고 신음을 흘렸다. 아버지와 힘을 겨루며 느
낀 것은 '생각보다 할 만하다'는 것이었다. 아버지를 힘으
로 제압한 그 잠깐 동안 나는, 내가 마치 지금껏 발톱을 감

추고 있다가 마침내 야성을 드러낸 맹수라도 된 것처럼 느껴졌다. 나도 모르는 계기로 각성해 마침내 본성을 찾은 슈퍼히어로 같기도 했다. 내 손아귀에서 벗어나기 위해 볼썽사납게 발버둥치는 아버지의 얼굴을 바라보며 알 수 없는 감정에 도취됐다. 엉망진창이었던 집안의 질서를 내가 바로잡고 있다는 생각에 기이한 희열에 휩싸였다.

"놔라. 안 놔? 이 새끼가!"

아버지는 거머리처럼 달라붙어 있는 아들을 떼어내기 위해 팔을 휘두르며 주먹질했다. 아버지는 온갖 운동을 즐겨 했기에 옆구리를 비껴 맞을 때마다 숨이 턱 막히게 고통스러웠다. 하지만 참을 수 있었다. 아버지가 내 팔 안에서 치는 발버둥이, 그 몸부림이 마음을 북돋웠다. 어머니는 나에게 소리쳤다. "그만하라고. 이제 그만해!" 이대로 물러설 수 없었다. 물러서면 또다시 아버지는 어머니를 아프게 할 것이었다. 제대로 본때를 보여줘야 한다는 생각에 나는 무리수를 뒀다.

"또, 또, 엄, 엄마 때릴 거예요?"(이런 와중에도 아버지 앞이라 그런지 말이 제대로 나오지 않았다.)

"뭐? 이 패륜아 같은 놈이, 내가 이걸 그냥 넘어갈 것 같으냐!"

아버지는 영화에 나오는 악당 같은 대사를 내뱉었다. 접전이라고 할 만큼 나와 아버지는 엎치락뒤치락하며 실랑이를 이어갔다. 힘이 빠져서 그만, 이제 그만, 하고 속삭이는 아버지의 목소리가 들렸다. 나는 으라차차, 같은 이상한 기합을 넣으며 힘껏 아버지를 모서리로 몰아붙였다. 아버지는 방금까지 어머니가 웅크리고 있던 벽에 얼굴을 박았다. 팔로 지탱할 겨를도 없이 그대로 대리석 벽에 들이받힌 아버지는 풀썩 자리에 주저앉았다. 나도 생각보다 큰 소리에 놀라 아버지를 놓쳐버렸고, 아버지는 우스꽝스럽게 내팽개쳐진 꼴이 되었다.

어머니는 사색이 되어 벌벌 떨면서 아버지에게 다가갔다. "여보, 괜찮아요? 피 난다. 피 나요!"

어머니의 재촉에 나는 119에 전화를 걸었다. 아버지는 목을 고정당한 채로 들것에 실려 병원으로 갔다. 아버지에게 폭행당하는 어머니를 구한 순간. 미세한 각도로 꾸준히 틀어지고 있던 내 삶에 가속도가 붙은 시점이 바로 그때가 아닐까 생각하곤 했다.

6

아버지는 코뼈가 골절되어서 수술을 받아야 했다. 두 시간 정도면 끝나는 간단한 수술이라고, 금방 회복될 거라는 어머니의 말에도 마음이 진정되지 않았다. 아버지를 응징하고 싶었던 것은 사실이지만 이런 식은 아니었다. 노기가 서린 아버지의 목소리가 귓가에 맴도는 것 같았다. '이 패륜아 같은 놈.'

"아버지 오시면 무릎 꿇고 제대로 사과드려. 납작 엎드리란 말이야."

"제가 왜요?"

어머니는 눈을 부라리며 엄하게 말했다.

"이 철딱서니 없는 것이. 계속 뻗대서 어쩌겠다는 거야. 그럼 네 행동이 잘한 짓이란 거야?"

어머니는 내가 아버지에게 달려들 수밖에 없었던 이유는 전혀 모르는 듯 굴었다. 아버지에게 맞아서 찢어진 입술이 불편한지 어머니의 발음은 분명하지 않았다.

"잘못을 빌면 아버지도 눈감아주실 거야. 자식이 그런 건데 부모가 뭘 어쩌겠냐."

이번에는 자애롭고 다정다감한 얼굴로 나를 타일렀다.

어머니가 말을 이을수록 참을 수 없는 서운함으로 마음이 울렁거렸다. 그럼에도 죄인처럼 고개를 푹 숙이고 알겠다는 의미로 작게 고개를 끄덕였다.

어머니와 아버지가 함께 집으로 돌아왔을 때, 나는 용기 내어 아버지에게 다가갔다.

"아버지."

떨리는 목소리로 간신히 아버지를 부르자, 아버지는 나를 투명인간 취급하며 자연스럽게 스쳐 지나갔다. 나는 당황해서 어머니와 눈을 마주쳤다. 어머니는 종종걸음으로 아버지 뒤를 따라가 조심스럽게 겉옷을 받았다. 아버지는 이전보다 더 근엄한 목소리로 저녁을 준비하라고 명령했고 여유로운 자세로 소파 한가운데 앉았다. 나는 여전히 현관에 우두커니 선 채로 아버지를 바라보았다. 아버지가 뒤늦게라도 나를 발견해주지 않을까, 하는 마음으로. 아버지는 TV 리모컨을 찾기 위해 소파 방석을 들췄다.

"리모컨은 항상 같은 자리에, 손 닿는 곳에 두라고 했을 텐데. 왜 같은 말을 반복하게 하시?"

매섭게 쏘아붙이자 어머니는 종종거리는 걸음으로 부엌 식탁 위에 있던 리모컨을 가지고 나와 아버지에게 건

넸다.

"여기 있어요."

아버지는 뉴스를 틀어서 심각한 표정으로 봤다. 현관에 망부석처럼 서 있는 내게 어머니가 눈짓으로 아버지를 가리켰다. 식사를 하기 전에 어서 제대로 잘못을 빌라는 뜻이었다.

쭈뼛쭈뼛 아버지에게로 다가갔다. 열걸음이면 충분한 거리였는데 이상하게 아무리 걸어가도 거리가 좁혀지지 않는 느낌이었다. 마침내 나는 아버지의 곁에 섰고, 아버지는 자신의 시야를 가리는 나에게 결국 시선을 옮길 수밖에 없었다.

"아버지."

자세히 보니 아버지의 얼굴은 아직 부기가 빠지지 않아 퉁퉁 부어 있었고 부목을 고정시키기 위해 이마와 인중까지 테이프를 붙여놓은 상태였다. 평소에도 험악하고 심술궂은 인상이라고 생각해왔는데 터질 듯이 부은 얼굴을 보니 도깨비가 따로 없었다. 상황에 맞지 않게 튀어나오려는 웃음을 꾹 참고 고개를 숙였다. 그리고 그 자리에 꿇어앉았다.

"죄송해요."

대답이 없었다. 살며시 고개를 들었다가 아버지의 잠잠한 눈빛에 압도되어 다시 눈을 내리깔았다. 조용히 처분을 기다렸지만 끝내 아버지는 나를 무시하고 부엌으로 걸음을 옮겼다. 아버지는 식탁에 앉아 어머니가 끓인 맑은 콩나물국을 사발째 들이켰다. 어머니가 초조한 표정으로 아버지와 나를 번갈아 보았지만 나는 차마 그 식탁에 앉을 수가 없었다. 나는 아버지의 식사가 끝날 때까지 그렇게 꿇어앉아 있다가 아버지가 안방에 들어간 후에야 뻐근한 다리를 펴고 자리에서 일어날 수 있었다.

　아버지는 근면한 사업가였다. 자신을 과대평가하는 경향이 있긴 하지만 자수성가했다는 점에서 자부심을 가질 만했다. 자기확신이 강한 아버지의 삶에서 유일한 근심거리는 나였고, 내 존재는 때때로 아버지에게 삶에 대한 강한 회의감과 무상함을 불러일으키는 것 같았다. 아버지는 나를 보며 자주 얼굴을 찡그렸다. 당시에는 아버지를 피하기에 급급해 이유를 궁금해하지는 않았지만 시간이 흐른 후 그날 내가 아버지에게 난생처음 굴욕감을 주었다는 것을 희미하게 깨달았다. 그 모멸감을 잊지 못하는 듯, 그리고 그것이 실재적인 고통으로 다가오기라도 하는 듯 아버지는 작은 신음을 내뱉곤 했다. 가끔은 방문을 부술 듯

벌컥 열고 들어와 내 뺨을 인정사정없이 후려쳤다. 아들에게 패대기쳐진 그날의 기억이 자신을 괴롭히면 그렇게라도 분노를 표출해야 직성이 풀리는 모양이었다.

그런 일들이 반복되자 신경쇠약에 걸릴 것 같았다. 집에 혼자 있어도 누군가 문을 여는 환청을 들었다. 집에 있기가 괴로워서 누가 깨우지 않아도 아침 일찍 일어나 집을 나섰다. 엘리베이터를 기다리는 그 잠깐도 초조해서 계단을 두칸, 세칸씩 성큼성큼 뛰어내렸다. 평생에 걸쳐 조금씩 나눠 써야 할 분량의 용기를 나는 그날 어머니를 구하는 데 모두 써버렸기 때문에, 용기라는 것은 내 삶에서 완전히 고갈된 자원이었다.

기묘하게도 아버지와 어머니는 그날의 폭행이 아무것도 아니었던 것처럼 다시 일상을 살아갔다. 부부동반 모임에도 빠짐없이 나갔고 결혼기념일에는 서로 선물을 주고받았다. 다음 날에는 다시 폭행, 그다음 날은 아무렇지도 않게 마주 앉아 밥을 먹었다. 이런 일관성 없는 일상에 대해서라면 어렸을 때부터 자주 반복되어온 일이라 초연해질 법도 한데 나는 점점 더 심한 멀미를 느꼈다.

두 사람이 아무렇지 않아 보였기 때문에 내가 유별난 사람이 된 듯한 느낌이 들었다. 어머니를 가여워하고 애

처로워하는 마음을 서운함이 앞질렀다. 내가 희생한 보람
도 없이 너무도 쉽게 아버지를 용서하고 상황을 무마해버
린 어머니에게 배신감을 느꼈다.

7

성연과 다니며 건물 화장실이나 층계참에서 웅크려 자
는 밤에는 내일 아침에 일어나서 뭘 해야 할까 고민했다.
곧 그런 고민들은 우리에게 사치이며 지극히 보통의 삶을
사는 사람들이 할 만한 생각이라는 것을 깨달았다. 나는
성연의 태도를 배우려 했다. 성연은 고민을 거의 하지 않
았고 충동적으로 행동했다. 내일 어디를 가야겠다거나 무
엇을 해야겠다는 계획 따윈 없었다. 심지어 내일 끼니를
어떻게 해결할지도 깊이 생각하지 않았다. 다행히 대책이
아예 없는 것은 아니었다. 역무원들의 눈을 피해 지하철
개찰구를 넘어 다니며 점심은 청류역, 저녁은 이탑공원에
서 해결했다. 기기서 무료급식을 먹은 후에 자원봉사자들
에게 손을 벌리거나 여의치 않으면 봉사자들이 한눈을 파
는 사이에 의자에 걸쳐놓은 옷이나 지갑을 슬쩍하기도 했

다. 나는 성연의 행동이 꺼림칙했고 잡히면 무슨 일을 당할지 모른다는 두려움에 지갑을 도로 돌려놓으라고 권하기도 했지만 성연은 말린다고 듣는 아이가 아니었다.

성연은 현금을 손에 쥐면 그 돈을 아끼지 않고 썼다. 내게도 인색하게 굴지 않았다. 나를 데리고 PC방에 갔고 찜질방에 가자며 이끌기도 했다. 성연과 한 몸처럼 움직인다는 것은 어느 정도의 위험부담을 함께 진다는 것을 의미했다. 대신 혼자 고민하고 헤맬 일이 거의 없었다. 우리는 훔친 돈으로 목욕탕에 가서 묵은 때를 벗겼다. 성연은 별다른 계획 혹은 목적지가 없어도 부지런히 움직였다. 움직일수록 배가 꺼지고 기운이 빠져 오후가 되면 나는 발을 질질 끌고 다녔는데 성연은 한자리에 오래 머무는 것을 견디지 못하는 것처럼 악착같이 걸었다.

성연은 거리에 세워진 자전거나 오토바이를 툭툭 건드려보다가 아무 이유 없이 그것을 넘어뜨리고는 뒤도 돌아보지 않고 줄행랑치곤 했다. 그런 행동은 도저히 이해할 수가 없었다. 처음에는 차마 발길이 떨어지지 않아 성연이 저지른 사고들을 나름대로 수습해보려 하기도 했지만 넘어진 오토바이를 일으켜 세워놓고 있던 내게 때마침 돌아온 오토바이 주인이 다짜고짜 날아차기를 한 뒤로 성연이 무슨 사고를 치든 눈을 질끈 감고 모르는 척하게 되었다. 오토바이 주인은 근처 가게에 달려 있던 CCTV를 확인한 후에 나를 도둑으로 오해했다는 걸 인정하고 겸연쩍은 얼굴로 2만원을 쥐여주었다. 성연과 나는 그 돈으로 편의점에서 컵라면을 사 먹고 새 속옷을 하나씩 샀다. 성연은 양말과 칫솔, 치약을 후드 안에 숨겨서 나왔다.

8

무료급식소에서 경우를 만났을 때, 경우는 중학생쯤 되어 보이는 남자아이 두명과 함께였다. 나는 사실 경우가 자원봉사자인 줄 알았다. 줄을 서지 않고 바닥에 아무렇게나 앉아 있는 할아버지들을 위해 대신 배식을 받아 가져다주는 모습을 이전에도 몇번 봤기 때문이었다. 11시만 되면 청류역 역사 뒤편으로 남루한 행색의 노인들과 노숙인들이 모여들었다. 처음에는 그 사이를 비집고 들어가 배식을 받을 용기가 나지 않았다. 간신히 배식을 받아도 앉을 자리가 없어 근처 벤치나 현수막 뒤에서 불편하게 밥을 먹어야 했는데, 그럴 때마다 지나다니는 사람들이 죄다 나를 한심하게 바라보는 것 같아서 밥이 코로 들어가는지 입으로 들어가는지 알 수 없었다. 이틀 동안 밥을 굶고 난 뒤 나는 자존심 따위는 전부 내려놓았다. 조금도 미안해하지 않고 새치기를 하는 노숙인들에게 큰소리로 짜증을 냈다가 그들에게 더 심한 욕을 얻어먹은 적도 있었고, 조금이라도 고기를 더 받으려고 봉사자들에게 사정하기도 했다. 집을 나온 지 2주 만에, 나는 굶는 게 세상에서 가장 무서운 사람이 되었다. 배만 채울 수 있으면 무엇이든 할 수 있겠다는 생각이 들 정도였다. 어쩌다 급식소에 조금 늦게 도착해 이미 배식이 끝나버렸을 때 나는 원수라도 진 것처럼 씩씩거리며 봉사자를 노려보았다.

나와 비슷한 또래의 아이가 조금 어려 보이는 아이들에게 반찬을 덜어주는 모습을 유심히 관찰한 건 경우에게서 배어 나오는 친절함과 여유가 부러워서였다. 경우는 거의 마지막 차례로 배식을 받았다. 나와 성연이 앉은 테이블에만 빈자리가 남아 있었고 경우는 작게 목례를 한 뒤 우리 앞에 앉았다. 제육볶음이 다 떨어져 경우는 양념만 받아와 거기에 밥을 비벼 먹었다. 국물에도 건더기가 거의 없었다. 나와 눈이 마주친 경우가 우리에게 먼저 말을 걸었다.

"몇살이에요?"

"너부터."

성연은 기싸움 하듯 껄렁거렸다. 성연은 나이가 두세 살 많은 형들과는 쉽게 사귀었고 비위도 기가 막히게 맞추었지만 자기보다 어려 보이는 애들한테는 곧잘 시비를 걸었다.

"열일곱이요."

경우가 대답하자 성연이 비웃듯 말했다.

"난 열여덟이다."

경우가 이번에는 내게 물었다.

"거기도 같은 나이?"

나는 고개를 저었다. 성연이 옆에서 도리칠치며 눈치를 주는 것이 보였지만 모르는 체했다.

"얘랑 나랑 둘 다 열일곱이야."

성연이 나를 노려보며 낮게 욕을 지껄이고 일부러 더 게걸스럽게 남은 밥을 먹었다. 경우의 얼굴이 환하게 풀어졌다.

"너희늘도 가줄했어?"

"너도?"

내가 살짝 놀란 얼굴로 되묻자 경우가 고개를 끄덕였

다. 가출한 애답지 않게 말끔한 얼굴이라고 생각했다. 경우는 옆 테이블에 앉아 식판에 고개를 박고 국물까지 다 들이마시는 중학생들을 턱짓으로 가리키며 내게 말했다.

"난 쟤들이랑 지내. 너희는 어디서 자?"

"어제는 화장실. 너희들은?"

"괜찮은 건물을 찾아서 며칠 전부터 거기서 지내, 쟤들이랑. 빈 건물인데 물이 나와. 화장실도 쓸 수 있고."

처음과 달리 성일빌딩에서 자는 잠은 더이상 편하지 않았다. 청소 아줌마를 피하려면 7시 전에 일어나 화장실을 나서야 했는데 우리는 자주 늦잠을 자는 바람에 몽롱한 상태로 내쫓겨야 했다. 청소 아줌마는 한번만 더 화장실에서 자면 경찰에 신고하겠다고 엄포를 놓았다. 성연과 나는 경우의 뒤를 따랐다. 상의도 없이 인원을 늘린 게 불만인지 경우와 함께 지내는 중학생 두명이 경우에게 작게 투덜거리는 소리가 들렸다. 나도, 성연도 모른 체했다. 중학생 애들은 쌍둥이 형제였는데 눈빛이 차갑고 호락호락하지 않았다. 나보다 나이가 어려도 편하게 대할 수가 없었다.

한시간 넘게 걸어 도착한 곳은 상가 건물이었다. 4층짜리 건물은 1층부터 4층까지 죄다 유리창이 깨져 있었고 더이상 유리창이 깨지지 않도록 테이프로 아슬아슬하게 붙여놓은 흔적이 군데군데 보였다. 붉은 마카로 띄엄띄엄 세입자의 권리를 보장하라, 손해를 배상하라, 하는 문구가 적혀 있었다. 쌍둥이들과 경우는 익숙한 듯 유리로 된 자동문을 손으로 밀어서 열고 들어갔다. 2층으로 올라가니 텅 빈 공간에 낡은 소파들을 모아서 사각형으로 작은 공간을 만들어둔 것이 보였다. 바닥에 다 먹은 컵라면 용기들과 인스턴트 음식을 먹고 나온 쓰레기들이 모아져 있었다. 경우는 그것을 보고 봉투에 담아서 묶은 뒤 한쪽에 밀어놓았다. 성연은 가장 넓은 소파 하나를 차지하고 벌러덩 드러누웠다. 피곤한 듯 눈을 감고 있었지만 센 척을 해놓고 신세를 지게 된 게 민망해 과장되게 행동하는 것 같았다.

경우는 성연이 그러거나 말거나 상관하지 않고 소파 뒤에 숨겨둔 짐가방에서 옷을 꺼내 갈아입은 뒤, 내게 나갔다 오겠다고 했다.

"어디 가는데?"

"일하러."

"일?"

나는 눈이 휘둥그레져서 경우에게 가까이 다가갔다. 성

연과 나도 아르바이트를 하려고 구인 전단지가 붙어 있는 곳에 무작정 들어간 적이 꽤 있었다. 하지만 모두 미성년자는 쓰지 않는다고 했다. 솔직히 말하면 나는 일을 하고 싶은 마음이 강하지는 않았기 때문에 수긍하고 물러섰지만 성연은 몹시 아쉬워했다. 나는 보이는 대로, 내키는 대로 남의 돈을 훔치는 성연이 일을 구하려고 노력한다는 게 조금 이상하게 느껴졌다. 경우는 가까운 식당에서 설거지를 하고 일당을 받는다고 했다.

"일 끝나면 아줌마가 3만원을 주셔. 봉투에 담아서."

"3만원이나?"

경우는 내 어깨를 툭 치며 말했다.

"하고 싶으면 말해. 물어봐줄게. 일은 간단해. 정말 설거지하는 게 다야. 장사가 잘되는 집이라서 화장실 갈 틈도 없는 게 문제긴 하지만."

성연과 나는 그날부터 경우와 지냈다. 중학생 둘도 함께였다. 쌍둥이들과 경우는 오래 알고 지낸 사이처럼 가깝고 편해 보였다. 그애들은 이상하게 나와 성연의 말은 들리지 않는 척하며 이름을 불러도 무시했다. 가끔 우리가 사 온 음식을 나누어도 고맙다는 말을 하지 않았다. 서열을 중요하게 여기는 성연이 고압적인 말투로 죽고 싶지 않으면 고분고분하게 행동하라고 겁을 줬지만 잠깐 움찔할 뿐 또다시 무시했다. 그에 반해 경우에게는 예의 바르게 행동할 뿐 아니라 말도 살갑게 잘했다. 쌍둥이들의 이유 없는 무시에 욱해서 성연이 주먹질을 하려고 할 때마다 경우는 몸으로 막아서며 대신 사과하곤 했다.

어느 날 경우는 번 돈으로 쌍둥이들의 신발을 사줬다. 그래봤자 한켤레에 만원도 안 하는 싸구려 운동화였지만 내내 슬리퍼를 끌고 다니던 쌍둥이들은 기분이 좋아 보였다.

경우는 식당에서 일을 하고 남은 음식을 자주 싸왔다. 우리는 그것으로 한끼를 해결하고 점심 혹은 저녁은 무료 급식소에서 때워야 했다. 건물에는 사람이 불쑥 들어오는 일이 없었기 때문에 우리는 화장실에서 지내는 것보다 훨씬 편하고 안정된 생활을 했다. 성연은 눈에 불을 켜고 온종일 다른 사람의 지갑을 노렸다. 하루는 허탕을 쳤고 하루는 성공했다.

나로서는 어떤 부분이 마음에 안 드는지 이해하기 어려웠지만 성연은 나를 대할 때와는 다르게 경우에게 까칠했다. 하지만 경우가 성연의 그런 행동에 별다른 반응이 없자 제풀에 지쳤는지 경우에게서 관심을 거두었다.

경우와 쌍둥이들은 지금까지 밖에서 겪었던 대다수의 아이들과는 사뭇 달랐다. 팬티를 입을 수 있을 만큼 입다가 새 팬티가 생기면 낡은 팬티를 버리고 새 팬티를 입는 대부분의 아이들과 달리 경우와 아이들은 비누로 거품을 내어 자기 옷을 자기 손으로 빨아 입었다. 손톱을 물어뜯지 않고 일주일에 한번씩 손톱깎이로 깎았다. 휴대폰이 없는 쌍둥이들은 자기들끼리 캐치볼을 하면서 놀았다. 그애들은 일주일에 한번꼴로 전단지 알바를 했고 그것으로 돈을 벌었다. 담배를 피울 줄도 몰랐다. 어느 날 건물을 보러 온 어른들과 정면으로 맞닥뜨리기 전까지 우리는 조용한 아이들과 비교적 조용한 동거를 했다.

경우가 식당 알바를 하고 있던 시간이었다. 나도 모르게 소파 뒤에 있던 경우의 가방을 들쳐 메고 전속력으로 달려 건물의 지하 주차장으로 숨어들었다. 성연은 고함을 지르며 따라오는 어른들을 따돌리느라 동네를 한바퀴 돌았다. 얼마의 시간이 지났을까. 나는 차 뒤에 몸을 숨긴 채로 성연을 불렀다. 성연이 나를 발견하고 허리를 꺾으며 웃어젖혔다.

"숨은 게 여기냐?"

쌍둥이들은 어디로 갔는지 보이지 않았다. 성연은 내가

품에 안고 있는 경우의 가방을 보자마자 빼앗아가서 거침없이 뒤졌다.

"이 새끼는 알바비를 다 갖고 다니나보네."

"그걸 설마 거기 뒀겠어."

"이건 내가 입어야겠다. 이거는 너 입어라."

입고 있던 반팔을 버리고 경우의 옷으로 갈아입는 성연을 보며 나는 머리를 헝클어트렸다. 가방에 있던 짐들을 탈탈 털어 쓸 만한 물건을 고르는 성연을 말릴 수가 없었다. 그 가방을 들고 나온 건 나였으니까. 경우의 짐을 맡아주려고, 선한 마음으로 그랬다고 할 수 있을까. 스스로도 그 말은 믿을 수 없었다. 처음부터 이렇게 빼앗으려고 가지고 나온 것 같기도 했다. 성연은 옷을 다 갈아입고 다른 짐들을 경우의 가방에 마구잡이로 다시 쑤셔 넣었다.

"가자."

성연이 나를 재촉했다. 다시 머물 곳을 찾아서 헤매야 할 시간이었다. 성연은 경우의 가방을 빈 상가 입구, 쓰레기들이 쌓여 있는 곳에 아무렇게나 던져버렸다. 경우를 기다릴 생각은 추호도 없어 보였고, 다시 만날 수 있다는 생각도 전혀 하지 않는 것 같았다. 그 미련 없는 태도에 이끌려 나도 돌아보지 않고 자리를 떠났다.

9

나와 성연은 우리 같은 애들과 잠시 뭉쳤다가 흩어지기를 반복하며 생활을 이어나갔다. 성연은 어느 무리에서나 인기가 좋은 편이었지만 여럿이 몰려다니는 걸 즐기진 않았다.

"두 명 이상 다니면 돈이 많이 들잖아."

성연은 돈을 버는 방법을 연구하는 데 여념이 없었다. 그즈음의 나는 마음의 갈등이 극심해지고 있었다. 불편한 잠을 자고 일어나는 아침이면 부모님에 대한 미움이 희미해지고 이제 그만 집에 돌아가는 게 어떨까 하는 마음이 슬며시 고개를 들었다. 곰곰이 생각해보니 가출의 명분이 빈약해 보였고 아무것도 아닌 일에 반항을 했다는 생각이 들었다. 어쩌면 기숙학교도 나쁘지 않을지 모른다는 쪽으로 생각이 점점 기울었다. 가출을 한 지 세 달이 됐을 즈음 나는 어머니의 문자를 간절하게 기다렸다.

한편으로는 제자리로 돌아가는 것이 두려웠다. 이미 나는 학교에 가지 않는 것, 시간에 얽매이지 않는 자유로움에 익숙해져 있었고 무질서에 도취되어 있었다. 그동안 술을 배웠고 담배를 배웠다. 이틀이고 사흘이고 낡은 PC방 구석에 앉아서 제한 없이 게임을 하는 것과 성연의 '아는 형들'이 불러낸 자리에 가서 심부름을 하고 술을 얻어마시는 것, 대낮에 잠을 자고 새벽에 눈을 떠도 아무도 눈치 주지 않는 것을 즐겼다. 그 순간에는 분명히 즐거웠다. 문득 끼어드는 불안감과 우울함을 상쇄하고도 남을 만큼 그 삶이 새롭고 흥미로운 것도 사실이었다. 학교에서 별것도 아닌 애들의 눈치를 보는 삶보다 바깥에서 '진짜 강한 형들'의 눈치를 보는 게 훨씬 낫다는 생각도 들었다. 마음이 이리저리 흔들릴 때면 그 엉망진창 사이에서 꼿꼿하게 서 있는 성연을 힐끔거리며 버텼다.

경우를 다시 만난 건 우연이었다.

생애 첫 알바를 단란주점에서 시작했다. 성연이 구해온 아르바이트였고 보수가 좋다는 말에 따라나섰다. 나는 적응하지 못했다. 어두침침하고 폐쇄된 지하에 너무 많은 사람들이 모여 있었다. 인사불성이 된 채 사소한 것에도 화를 내는 손님들을 상대하는 것이 어려웠고 귀청이 터질 듯한 노랫소리, 마이크에 대고 크게 고함치는 소리, 빠르게 돌며 깜빡거리는 미러볼과 눈부신 조명 때문에 머리가 아팠다. 나는 소화제나 숙취해소제 따위를 사 오는 심부름을 한 뒤에 손님에게 간혹 용돈을 받기도 했지만 모욕을 당하거나 손찌검을 당하는 일이 더 잦았다. 성연은 의외로 손님들의 비위를 잘 맞추어서 비싼 술을 얻어 마시기도 하고 허드렛일을 하는 대신 룸에서 노래를 한곡 불러주고 일당보다 더 많은 돈을 팁으로 받는 날도 많았다. 수완이 좋아 그런 기회라도 얻는 성연이 솔직히 부러울 때가 있었는데, 성연은 앞에서는 히죽거리면서도 뒤돌아서면 욕을 지껄이며 기분이 더럽다고 말했다. 성연은 룸 넘버를 잊지 않고 기억했다가 가게에서 나가는 손님들을 배웅한답시고 택시에 태우면서 슬쩍 지갑을 빼내곤 했다.

한동안 잊고 있던 사실이었지만 나는 머리가 정말 나빴고 매니저는 그런 나를 노골적으로 미워했다. 주문을 받은 뒤 돌아서면 잊어버리고 다시 들어도 돌아서면 잊어버렸다. 손님이 말로 하지 않고 눈짓이나 손짓으로 무언가를 지시하면 그게 무슨 뜻인지 알아채지 못해 늘 곤란을 겪었다. 손님들도 나름대로 사회적 체면이라는 게 있어 놀고 싶어도 입 밖으로 구구절절 요구하는 건 겸연쩍을 때가 있으니 이런 곳에서는 눈치가 생명이라고 매니저가 일러주었지만 나는 '여자를 데려와라' 이것보다 조금 더 싼 양주는 없냐' '출장경비 처리하게 영수증은 다른 가게 것으로 끊어달라', 이런 식으로 손님들이 얼굴을 붉히고 분명하게 요구해야 이해했다. 내가 가게 통로를 오가는 사람들 사이에 끼어서 이러지도 저러지도 못하고 주춤거리고 있으면 매니저는 게으름을 피운다고 눈을 부라리며 윽박질렀다. 그런 오해를 거듭해서 받자 호통이 무서워서 가게 구석에 숨어버렸다. 목소리가 큰 어른들을 보면 아버지가 떠올라서 견디기 힘들었다. 가끔 장난스럽게 내 성기를 잡는 손님들도 있었다. 소스라치게 놀라는 내 모습을 보고 즐거워했고 나는 점점 위축되어갔다.

모두가 바쁘게 뛰어다니는 새벽 시간에 화장실에 틀어박혀서 게임을 하거나 아침이 오기를 기다렸다. 매니저에게 들켜서 끌려 나오기도 부지기수였다. 당장 나가서 가게 앞에 손님이 게워놓은 토사물을 치우라는 매니저의 지시에 밀대를 질질 끌고 나갔다가 비위가 상해 포기했다. 주점 유니폼을 그대로 입고 거리를 터덜터덜 걸어서 '우리집'으로 가던 길이었다.

정인수! 횡단보도 앞에서 신호를 기다리고 있을 때 누군가 나를 불렀다. 고개를 들어보니 건너편에 경우가 있었다. 거의 두달 만에 다시 만난 경우를 무심코 반가워했다가 그애의 가방을 쓰레기 더미 위에 던져두고 온 게 떠올라 마음이 불편해졌다. 못 본 척하고 다른 길로 빠질까 고민하고 있을 때 파란불이 되자마자 경우가 달려왔다.

"야! 이건 무슨 옷이야?"

경우가 재밌다는 듯 고무줄로 된 나비넥타이를 쭉 잡아당겼다가 놨다. 나는 목을 움켜잡고 캑캑거렸고 경우는 웃으며 내게 어깨동무를 했다. 경우는 그날 우리가 자신을 기다리지 않고 말도 없이 사라져버린 것과 함부로 가방을 뒤지고 옷을 훔쳐간 것에 대해서 따질 생각이 없는 것 같았고 화난 기색도 아니었다. 진심으로 나를 반가워하는 표정이었으며 그간 어떻게 지냈는지 궁금해했다. 바깥 생활을 한 애들은 다 이런 걸까. 헤어지는 것과 다시 만나는 것이 너무 자연스럽고 익숙해서 한마디 말도 없이 사라져도 상관치 않는 걸까, 나는 궁금해졌다. 성연은 확실히 그런 경향이 있었다. 아는 친구들은 놀라울 정도로 많았지만 개개인과의 관계에 연연하지 않는 것 같았다.

"아, 쌍둥이들 있잖아. 나랑 같이 있던 중학생 애들. 걔들이랑은 헤어졌어. 난 최근에 쉼터에 잠깐 있다가 계속 보호자 이름을 캐물어서 도망 나왔어. 너 요즘 어디서 지내냐? 성연이는? 너희 아직도 같이 다녀? 일도 같이해?"

나는 그간 있었던 일들을 간략하게 말해주었다. 요즘 '우리집'에서 함께 지낸다는 얘기를 하자 경우는 눈을 빛내며 자신도 같이 지내면 안 되냐고 물었다. 거절하기가 어려웠다.

어떤 권한도 없으면서 그날 경우를 '우리집'으로 데려갔다. 현관문에 'WELCOME! 행복한 우리집'이라고 적힌 구름 모양의 스티커가 붙여진 집이었다. 칠이 벗겨진 현관문만큼이나 색이 바랜 그 스티커를 '우리집'을 드나드는 아이들은 무의식적으로라도 꼭 한번씩 뜯었다. 하지만 아무리 손톱을 세우고 뾰족한 키나 동전으로 벗겨내려 해봤자 스티커는 그 부분만 긁힐 뿐 깨끗하게 떨어져 나가지 않았다.

무료급식소에서 만난 주영에게 성연이 무언가를 꼬치꼬치 캐물을 때, 나는 온전치 않은 사람을 성연이 괴롭힌다고 생각해서 그러지 말라고 말렸다. 주로 양문역이나 망종역에서 노숙하는 주영은 항상 혀를 날름 내밀고 있었다. 앞니 두개가 없어서 말을 안 할 때는 혀로 앞니가 있던 부분을 막고 있는 것이었는데, 처음 보는 사람에게는 오해를 사기 십상인 모습이었다.

마주보고 앉아 무료급식을 먹던 주영이 자신에게는 자기 명의로 된 집이 있다고 우리에게 으스대듯 말했다. 역앞에서 만나는 노숙인들 중에서는 주영과 비슷한 말을 하는 사람이 드물지 않았다. 자신이 대학교수였다거나 직원이 100명도 넘는 회사의 사장이었다거나 왕년에 영화와 드라마에 출연했었다는 사람들은 흔했고 그러려니 하고 넘길 수 있었다. 사실이든 아니든 그것이 과거의 일이라는 것을 인정하고 있으니까. 일부는 지금도 자기 재산이 10억이 넘는다거나 강남에 빌딩이 있다거나 자기 자식이 서울에서 가장 큰 병원의 병원장이라고 떠벌렸다. 그들에게 대단하신 분이 왜 노숙을 하느냐고 물으면 수십번도 더 설명해본 것처럼 아무렇지도 않게 이건 자신이 선택한 특별한 삶의 형태일 뿐이라고 말했다.

나는 주영의 말도 그런 종류의 허풍으로 치부하고 잊어버렸는데 성연은 흘려듣지 않고 집을 알려달라고 한 것이었다. 긴가민가했지만 나는 성연을 따라 주영이 알려준 주소로 가봤다. 우리 말고도 이미 그 집에는 드나드는 애들이 대여섯 정도 있었고 그 집에 있던 아이 말로는 우리 같은 애들에게 주영이 오래전부터 집을 내주었다고 했다. 주영의 집에서 잠을 자는 아이들은 누가 들어오든 나가든

상관하지 않았다. 집주인인 주영이 들어와도 흘깃 시선을 주고 본체만체할 정도였다.

집에서 가족들이 죽은 뒤로 주영은 모르는 애들에게 집을 내주고 한겨울에도 지하철에서 노숙을 한다고 했다. 주영의 나이는 아무도 몰랐다. 서른으로도 보이고 마흔으로도 보였는데 자기 입으로 우리에게 "그냥 주영이라고 불러라"라고 말했다. 우리는 거기에 짐을 풀고 모르는 아이들 틈에 끼어서 잠을 잤다. 그리고 구름 스티커가 붙여진 그 집을 '우리집'이라고 부르기 시작했다.

혼자 집에 돌아온 나 때문에 매니저에게 한소리를 들은 성연은 문을 열자마자 욕을 해댔다. 성연에게 욕을 먹는 게 어느 정도 익숙해졌기 때문에 잠자코 듣고 있었다.

"이 새끼야. 너 잘렸어. 매니저가 내일부터 오지 말래."

말을 끝낸 성연이 바닥에 털썩 앉았다가 방에 드러누워 있는 경우를 보고 화들짝 놀랐다. 상상도 못한 재회라 그런지 말을 더듬기까지 했다.

"야, 너 뭐야? 너 왜 여기 있어."

"우연히 만났어. 지낼 곳이 없다고 해서 데려왔어."

내가 대신 말했고, 경우는 넉살 좋게 웃었다.

경우와 성연이 알바를 하러 가는 시간에 나는 집에 머물렀고 주영의 집에 찾아오는 애들과 어울리기 시작했다. 가출한 애들과 바깥에서 잠깐 어울리는 것 말고, 그렇게 또래 친구들과 긴 시간을 보내는 게 처음이었다. 주점에서 일하며 꽤 다양한 사람들을 만난 후 나는 내가 어리숙한 티를 조금이나마 벗었다고 자부했다. 성연의 말투와 행동을 적절히 섞어서 아이들에게 다가가면 그나마 나를 덜 얕잡아보는 것 같았다. 처음에는 나를 무시하거나 따돌리지 않는다는 것만으로도 뿌듯했지만 점점 더 욕심이 났다. 성연처럼 아이들이 나를 찾게 만들고 싶었다. 이끄는 대로 졸졸 따라다니는 역할 말고, 무리에서 존재감 있는 사람이 되고 싶었다. 하지만 노력과는 상관없이 아이들은 금방 나를 파악했다. 학교를 다닐 때처럼 투명인간 취급을 받은 건 아니지만 아이들은 나를 자신들보다 조금 급이 낮은 인간으로 여기는 것 같았다. 알면서도 혼자 집 안에 가만히 앉아 있기가 싫어 한두살 어린 아이들과 어울려 다니길 주저하지 않았다.

오늘은 어떻게 끼니를 때울지, 어떤 편의점이나 마트가 경계가 느슨한지, 누구를 속이고 얼마를 뜯어낼지만 궁리했다. 일을 실행할 순발력과 실행력이 부족해 아이들이 물건을 훔치는 동안 직원에게 질문을 해서 주의를 끄는 역할만 주로 담당했던 내가 어느 날 대범하게 옷 속에 콘돔과 즉석복권을 숨겨 나오자 아이들은 즐거워했고 한껏 치켜세웠다. 성연과 함께 있을 때는 굳이 나까지 나서서 할 필요가 없었던 일들을 시도하면서 무리에서 인정받는 느낌이 들었다. 죄를 나눠 가질수록 끈끈해진다는 생각을 처음으로 하게 됐다.

10

이호와의 동거는 성가시고 불편한 일의 연속이었다. 변비가 있는 이호가 화장실을 다 쓸 때까지 기다려야 하는 것, 일주일에 한번 돌리던 세탁기를 두세번 돌리는 것, 이호의 고약한 잠버릇 때문에 한밤중 걷어차여 잠에서 깨는 것은 짜증이 나도 참을 만했다. 하지만 야간 업무가 있을 때 이호에게 연락을 해주는 일은 몇번을 해도 익숙해지지 않고 할 때마다 망설여졌다.

오늘 늦으니까 혼자서 저녁 챙겨 먹어라. 냉장고에 반찬 있어.

네.

신경을 끄자고 다짐해도 이호가 대충 라면으로 때울까 걱정이 됐다. 이호는 원래 라면을 좋아해서 먹는 거라고 했지만 내가 야근을 할 때마다 라면을 먹는 건 심하지 않나 생각했다. 한번에 라면을 세봉지씩 끓여 먹는 것을 보면 양이 적은 것이 결코 아닌데 내 눈치를 봐서 냉장고에는 손도 안 대는 것 같아 마음이 불편했다.

또 한편으로 아이가 어른에게 충분히 물어볼 수 있는 질문에 제대로 대답하지 못할 때마다 나는 큰 자괴감을 느꼈다. 일본에는 왜 대통령이 없고 총리가 있냐는 질문에 나는 제대로 대답하지 못하고 우리나라는 민주주의야, 우리나라는 대통령도 있고 총리도 있어, 너 지금 우리나라 총리가 누군지 알아, 하고 역으로 질문을 했다. 이호가 모른다고 대답하자 우리나라 총리의 이름을 알려주었다. 심지어 이호가 없을 때 검색해보니 내가 가르쳐준 총리는 해임되고 새로운 총리가 임명된 상태였다. 대통령선거 때 어차피 국민들은 1번 아니면 2번밖에 안 뽑을 텐데 왜 후보가 열두명이나 출마하느냐고 물었을 때와 오스트레일리아는 어디에 있는 나라고 오스트리아는 어디에 있는 나라인지 물었을 때는 머리가 하얘져서 내가 또 무슨 엉뚱한 말로 둘러댔는지 기억나지 않는다. 몇번은 자리를 피해버렸고 몇번은 헛소리로 둘러댔다. 모른다는 것을 인정하고 검색해서 알려주는 것이 더 어른스러운 행동이라는 것을 머리로는 알았지만 이호가 나를 얼마나 무식하게 생각할지 걱정되고 창피했다. 이호는 뭔가를 물을 때마다 내가 곤란해한다는 것을 어느 순간 깨달았는지 요즘은 야구 경기나 축구 경기를 볼 때만 질문했다.

내가 이호에게 제대로 대답하지 못한 것은 또 있다. 이호는 초가을부터 내복을 입고 다니는 내게 언제부터 그렇게 추위를 많이 탔느냐고 물었다.

"형. 무슨 병 있는 건 아니죠? 원래 얼굴이 좀 창백해요?"

내가 얼버무리다가 어릴 때 약을 잘못 먹어서 이렇게 됐다고 둘러대자 이호는 더이상 의심하지 않았다. 대신 아침에 내가 샤워를 하기 전에는 절대 먼저 샤워하지 않았다. 급수통이 작아서 온수를 많이 사용하면 갑자기 냉수가 나오는 경우가 있어 나를 배려한 것이었다. 그럴 필요 없다고 해도 자신은 원래 몸에 열이 많아서 찬물로 씻어도 된다고 말했다. 신경 쓸 일이 한두가지가 아니었다. 그래도 이호를 이곳에 살도록 허락한 일을 후회하지는 않았다.

　나는 이호에게 어떠한 간섭도 충고도 하지 않겠다는 나와의 약속을 꽤 오래 지켰다. 매일매일 잠자리를 찾아 헤매는 것이 얼마나 고역인지 누구보다 잘 알기 때문에 이호가 머무르고 싶어할 때 잘 곳을 제공하는 것으로 이호를 위해주고 싶었다. 하지만 이호와 가까워질수록 (가까워진다고 느낄수록) 이호를 마냥 두고 볼 수는 없었다. 또한 이호에게는 절대로 말할 수 없지만 이호가 온 후 확연하게 달라진 상황을 떠올리면 오히려 내 쪽에서 이호에게 신세를 지고 있다는 생각이 들었고 한걸음 떨어져서 이 아이의 상황을 관망하는 것만이 과연 내가 할 수 있는 최선인가 고민하지 않을 수 없었다.

　나는 이호와 지내게 된 후로 더이상 지독한 추위에 시달리지 않았다. 주파수를 찾지 못하는 라디오처럼 밤새 수런거리던 귀신 소리도 어느 순간부터 들리지 않았다. 깊은 잠을 자고 일어나는 아침이 얼마나 상쾌하고 편안한지 아주 오랜만에 느끼는 터라 매일이 새로웠다. 내 삶이 정상 궤도로 올라올수록 나는 이호에게 간섭하고 싶었다. 솔직히 말하면 이호를 걱정하는 마음보다 이호의 비행으로 인해, 이호의 가출로 인해 다시 내 삶이 이전으로 돌아

가게 될까봐 두려워하는 마음이 더 컸다.

학교에 돌아가지 않겠다고 마음을 굳힌 거라면 일찍 검정고시를 보는 건 어떠냐고 묻고 싶었다. 나 또한 검정고시를 쳤으니까. 이호가 거부감을 느낄까봐 말할 타이밍을 재고 있던 중 이호는 알바를 구했다고 내게 자랑했다.

"진혁이 아는 형이 소개해준 곳인데 저도 할 수 있는 일이래요. 돈 벌면 형한테 생활비도 낼게요."

예감이 좋지 않아 잘 알아보고 하라고 말했다. 이호는 알아볼 만큼 알아봤으며 같이 일하는 형들도 다 괜찮은 형들 같았다고 내게 걱정 말라 했다. 그 뒤 이호가 말도 없이 집에 들어오지 않았던 며칠 동안 나는 잠깐의 안식을 비웃듯 내게 날카롭게 파고든 한기와 싸웠다.

돌아온 이호는 어디서 난 건지 알 수 없는 검정색 슈트를 걸친 채 구두까지 신고 있었다. 또래보다 키는 키도 얼굴이 앳되고 삐빼 말라 옷은 그렇게 입었지만 누가 봐도 미성년자처럼 보일 것 같았다. 충전을 최대로 해도 배터리가 50퍼센트밖에 차지 않는다고 불평하던 휴대폰도 최신형으로 바꿨다고 보여주었다. 이호는 밝게 웃으며 내일부터는 정식으로 일을 시작하기로 했으며 자신이 노력하는 만큼 벌 수 있는 일이라고, 학교 졸업장도, 경력도 필요 없는 오직 능력만 보는 일을 하게 되었다고 말했다.

"사장님이 진짜 좋은 분이에요. 일을 하려면 휴대폰이 필요하다면서 바꿔주셨어요. 그리고 이 옷도 짭 아니에요. 일단 옷을 좋은 거 입어야 된다고 하면서 선물로 주셨어요. 재밌을 것 같아요."

시작하려는 일이 떳떳하지 않은 일이 되리라는 것을 이호가 모를까. 이호는 알고 있었다. 그래서 그 일이 무엇인지를 말하는 대신 함께하는 사람들이 자신에게 베푼 호의에 대해 늘어놓는 것이다. 이 일이 얼마나 자신에게 절실한지 내가 알아주기를 바라는 것이다.

옥탑방에 처음 올 때만 해도 어리숙하게 굴던 이호는 짧은 시간 만에 이전과는 다르게 변했다.

11

'우리집'의 문을 처음 열었을 때, 그 집은 아수라장이었다. 주영을 통해서 왔든, 주영의 친구들을 통해서 왔든 '우리집'에 방문한 아이들은 집의 상태에 그다지 관심이 없었다. 하룻밤 지친 몸을 누일 공간만 있으면 비집고 들어가서 누웠다. 집주인이 집을 비운 수년간 많은 아이들이 드나들었지만 쓰레기통과 다름없는 그 공간을 깨끗하게 가꾸어서 점유할 생각은 누구도 하지 않은 것 같았다. 모든 애들이 방 안에서 담배를 피웠다. 매캐한 공기를 마시며 잠을 자면 꿈도 흐릿하게 꾸었다. 눈을 뜰 때마다 매번 낯선 얼굴들이 둘러앉아 술을 마시고 있었다. 나도 비몽사몽간에 그 틈에 끼어서 어울렸다. 아이들은 집에 들어와서 종종 배달음식을 시켜 먹고 쓰레기를 치우지 않은 채 그대로 놓고 나갔다. 좁은 방 어디에나 쓰레기가 빈틈없이 쌓여 있었고 음식물쓰레기를 제때 버리지 않아 곳곳에서 썩은 내가 났다. 변기가 단단히 막혀 화장실을 가려면 집 앞에 있는 공원까지 가야 했으며 술에 취한 애들이 빌라 벽에 노상방뇨를 하는 바람에 창문을 열면 지린내가 풍겼다.

파리와 돈벌레, 그밖에 다리가 많고 빠르게 기어다니는 벌레들을 수없이 목격했다. 나는 그 벌레들의 이름을 몰랐다. 살면서 그런 것을 볼 기회가 없었다. 아버지의 집은 현실감이 없을 정도로 언제나 말끔했으니까. 어머니는 허브나 난초 화분으로 아름답게 집을 꾸미는 것을 유일한 낙으로 삼았다. 'WELCOME! 행복한 우리집'은 오래 머물 만한 공간이 아니었다. 더이상 갈 데가 없는 아이들이 어쩔 수 없이 하루나 이틀 정도 비를 피하고 추위를 피하는 방이었다. 나 또한 그곳은 임시로 머무는 공간이라고 인식했다. 이름도 모르는 애들의 발밑에서 아무렇게나 구겨져 자면서도 이렇게 미개한 애들이, 이렇게 미련한 애들이 계속 나타나다니, 얘들이랑은 절대로 엮이지 말아야지, 빨리 새로운 방을 알아봐야지, 하고 다짐했다.

경우는 슬금슬금 집을 정리했다. 망가진 가구들과 낡은 물건들을 내다버렸다. 처음에는 티가 나지 않았지만 하루가 다르게 집이 쾌적해졌다. 경우를 도와 거울이 깨진 화장대와 말라 죽은 지 오래인 화분들, 고장 난 선풍기, 아기침대와 모빌, 다리가 부러진 책상 등을 치우고 나니 반지하 집이 훨씬 넓어졌다.

'우리집'에는 수시로 전기와 가스 공급이 중단된다는 고지서가 날아왔다. 집에서 계속 머물기 위해 경우는 아이들에게서 돈을 거둬 가스비를 냈다. 쓰레기는 쓰레기통에 넣기. 박스는 박스끼리 모아서 버리기. 집 안에서는 담배를 피우지 않기. 간단한 규칙을 정립하기 위해 경우는 애들과 매일 싸워야 했다. 하루만 손을 놓고 있으면 금세 원상복귀되는 집에서 경우는 혼자 부지런하게 살았다.

청소를 하고 나면 경우는 땀에 흠뻑 젖어서는 뿌듯하고 개운한 표정을 지었다.

"스무살이 되면 본격적으로 돈 벌 거야. 적성 살려서 청소업체 같은 데 취직하려고."

"돈 벌면 뭐 하려고."

경우는 물어봐주기를 기다렸다는 듯 망설이지도 않고 바로 대답했다.

"엄마랑 같이 살아야지."

경우는 어머니와 딱 한달 동안 같이 살았다고 했다. 경우가 위탁된 최초의 기억은 할머니였고, 할머니가 돌아가신 후에는 큰이모가 잠깐 경우를 맡아주었다. 초등학교에 입학하기 전 이모는 경우를 보육원에 맡겼고 그후로 계속 보육원에 머물다가 열살 생일에 어머니의 얼굴을 처음으로 봤다.

"한달 같이 살았는데, 형편이 안 좋아서 어쩔 수 없다고 나를 다시 보육원 앞에 내려두고 택시를 타고 갔어. 보육원에 있는 게 훨씬 나을 거라고, 니한테도 그게 훨씬 좋을 거라고 했어."

"너무하네."

평온하게 말하는 경우 대신 내가 분개했다.

"그래도 나를 데리러 오기는 했잖아. 안 오는 사람들이 훨씬 많은데."

"그래서?"

"자기 엄마 아빠가 누군지 모르는 애들도 엄청 많았어. 그래도 나는 아니까. 적어도 엄마가 나를 완전히 잊어버린 건 아니니까."

떠올리기 힘든 기억일 텐데도 경우는 동요 없이 계속 담담했다.

"어색할 것 같지 않아, 엄마랑 살면? 왜 굳이 엄마랑 살고 싶냐, 넌."

"가족끼리 그런 게 어디 있어. 난 엄마 처음 봤을 때도 어색하지 않았어. 솔직히 엄마도 얼마나 나를 데리러 오고 싶었겠어. 그러니까 나를 데려다놓고도 몇번이나 찾아왔지. 너 같으면 싫은 사람 보러 시간 내서 오겠어?"

경우가 내게 동의를 구했지만 나는 대답하지 않았다.

"엄마는 나한테 미안해했어. 자리를 잡으면 데리러 오겠다고, 조금만 기다려달라고 말했어."

"그걸 믿어?"

"보육원 사감 허락 없이 부모가 애들 만나면 안 되거든.

근데 엄마는 몰래 나 만나러 왔어. 엄마가 학교 앞에서 날 기다리고 있었어. 1년에 한두번씩 봤어."

"안 미웠어?"

"그냥 반갑던데. 어릴 때는 몰랐는데, 어느 순간 우리 엄마가 친구들 엄마보다 좀 젊은 편이라는 걸 알았어. 그래서 엄마가 나를 어릴 때 낳았고, 엄마가 나를 감당하지 못해서 할머니에게 맡겼구나, 저절로 알게 되더라."

경우가 엄마에 대해 긍정적인 말들만 늘어놓는 것이 어쩐지 기분이 나쁘고 심술이 났다. 그래서 이간질하듯 말이 함부로 터져 나오는 것을 막을 수가 없었다.

"좀 책임감이 없는 거 아니야?"

"어렸으니까."

"같이 살면 어쩔 건데?"

"그냥 같이 사는 거지. 작은 방 구해서. 엄마랑 같이 저녁 먹고 밤에 산책하는 거, 그런 걸 하는 거지."

"너희 엄마가 그걸 원할까?"

"당연하지. 엄마가 나한테 그랬거든. 나중에 꼭 데리러 오겠다고. 지금은 형편이 어려워서 같이 못 살지만 착하게 기다리고 있으면 꼭 오겠다고 했어."

경우가 무한한 인내심을 발휘할 때마다 나는 그 마음

에 훼방을 놓고 싶었다. 내가 나쁜 의도로 던진 질문에 경우가 아무렇지 않다는 듯 대답하면서 속으로는 얼마간 괴로워한다는 느낌이 들면 야릇한 기쁨을 느꼈다.

어느 날 아침에 일어나니 누군가에게 뺨을 맞은 것처럼 오른쪽 볼이 부어 있었다. 나는 거의 한달 가까이 치통으로 고생하고 있었다. 참을 만하다고 넘기던 통증이 더이상은 무시할 수 없을 정도로 극심해졌다. 찬물만 넘겨도 이가 시리고 욱신거리더니 시시때때로 두통까지 찾아왔다.

내 얼굴을 본 경우는 상태가 심각하다고 느꼈는지 같이 치과에 가자고 했다. 너무 아팠지만 참아보겠다고 했다. '우리집'에 사는 아이들 중 아프다고 해서 곧장 병원에 가는 아이는 아무도 없었다. 감기 같은 건 그냥 스스로 이겨냈고 찢어지거나 긁힌 상처에 약을 바르는 법도 없었다. 경우만 해도 서빙을 하다가 불판에 데어 화상을 입어놓고 고작 얼음찜질로 화기를 다스린 적이 있었다. 경우는 사장이 병원에 가서 치료를 받고 오라고 했는데도 이정도는 아무것도 아니라며 한사코 거절했다. 물에 닿은 상처는 짓무르고 피부가 벗겨져서 크게 흉터가 남았다.

통증이 심할 때마다 약국에서 산 진통제로 버텼지만 며칠 동안 음식을 먹지 못하고, 약해진 잇몸에서 피가 멈추지 않자 결국 생각을 바꿨다. 못 이기는 척 경우를 따라 치과에 갔다. 예상대로 의사는 신경치료를 해야 한다고, 당장 치료를 하지 않으면 죽은 신경이 점점 곪게 되고 나중에는 임플란트를 해야 할 수도 있다고 했다. 하지만 치료비용을 듣고 선뜻 하겠다고 말할 수가 없었다. 내가 절대 감당할 수 없는 돈이었으니까. 나는 알바비를 받으면 기분을 낸다고 아이들에게 밥이나 술을 샀고 PC방에서 하루 종일 놀며 그 돈을 하루 이틀 만에 다 써버렸다. 비록 가출을 했어도 나는 너무 인색하게 살고 싶지 않았다. 안 그래도 가난한데 마음까지 가난한 것은 용납할 수 없었다.

"나한테 있으니까 그냥 해."

그때 경우가 당장 치료를 하라고 말했다. 이가 너무 아팠기에 나는 덥석 그 제안을 받아들였다. 치료가 너무 아프고 힘들어 나는 부끄러운 줄도 모르고 비명을 질렀고 나중에는 눈물까지 찔끔 흘렸다.

입을 헹굴 때쯤 내 옆자리에서 초등학교 1~2학년 정도 되는 아이가 두 주먹을 꼭 쥐고 아픔을 참으며 치료받는 모습이 보였다. 그 의젓한 모습을 보니 고래고래 소리를 지른 게 너무 창피했다. 수납창구에서 치료비를 대신 납부하는 경우 뒤에서 나는 면목 없는 기분으로 어정쩡하게 서 있었다.

"이제 좀 살 만해?"

경우가 돌아서서 내 어깨를 툭 쳤다. 나는 고개를 끄덕였다.

"돈은 금방 갚을게."

"응. 갚아라. 나 짠돌이인 거 알지?"

경우는 말만 그렇게 하고 치료비를 갚으라고 채근하지는 않았다. 치료를 받을 때는 어떻게 해서든 경우 돈부터 갚겠노라 다짐했지만 경우가 별 말이 없자 나는 곧 급할게 없어졌다. 돈이 생겨도 경우에게 갚을 돈은 매번 우선순위에서 밀렸고 그러다가 시간이 흐르고 나도 모르는 사이 그 일은 잊혔다.

12

경우와 가까워진 후 함께 어디를 갈 때마다 나는 알 수 없는 위화감을 느꼈다.

"경우는 애가 참 구김살이 없지?"

"기분이 좋아요. 경우를 보면요."

급하게 대타를 구한다는 말에 경우를 따라서 식당에 간 날, 가게 사장이 음식을 담당하는 요리사와 주고받는 말을 들었다. 잠시 그 자리에 가만히 서서 그 말을 소화하려 애썼다. 구김살이 없다. 나는 지금껏 경우에게 느낀 위화감의 정체를 그제야 조금 알 수 있었다. 문득 깨달은 것은 경우와 다니는 동안은 사람들이 나에게 함부로 하지 않는다는 사실이었다. 성연과 함께 다닐 때 받는 대우와는 사뭇 달랐다. 성연 곁에 있는 나를 바라보는 시선은 '무척 눈에 거슬리지만 이성연을 봐서 참아준다'는 느낌이었다. 경우와 함께 있을 때는 공격당할 여지가 완전히 사라지는 것 같았다. 나는 조금 쉽게 먹을거리를 구할 수 있었고 비굴하게 사정하지 않고도 쉴 자리를 얻을 수 있었다. 밖에서 사는 동안 타인이 나를 함부로 대하는 것에 익숙해져 있던 터라 그 친절이 당황스러웠다.

혼자 있으면 모두가 나를 냉내했다. 돈이 있어도 식당에 들어가기가 겁이 났다. 제가 데려온 애예요, 제 친구예요, 하고 경우가 말하면 환대까지는 아니더라도 머리끝부터 발끝까지 노골적으로 훑어보는 어른들의 의심 가득한 눈빛은 피할 수 있었다. 경우와 함께 일할 때면 어른들은 온정적인 태도로, 우리를 평범한 청소년처럼 대해주고는 했다. 평범한 청소년으로 대한다는 것은 별 게 없었다. 사장은 나를 채용할 때 알바를 하고 싶으면 부모 동의서를 받아오라고 했고 성연이 어른 글씨체를 흉내 내어 써준 그 동의서를 의심 없이 받아주었다. 주방에서 일하는 아줌마들은 당연히 우리가 학교를 마치고 와 식당 알바를 한다고 생각했고, 우리더러 수능 공부는 하고 있냐고 묻기까지 했다. 우리는 아줌마들의 눈에 집안 형편이 어려워 직접 용돈을 벌어 쓰는, 착실하고 안쓰러운 아이들이었다. 비가 오는 날에는 집에 갈 때 비 맞지 말고 손님들이 두고 간 우산을 쓰고 갔다가 다음 날에 가지고 오라며 빌려주었고 맛있는 반찬이 나오는 날에는 가족들이랑 먹으라며 챙겨주기도 했다. 경우는 티가 나게 아부를 하지도 않고 동정심을 유발해서 뭔가를 얻어내려 하지 않았다. 그저 경우가 조심스럽고 예의 바르게 말을 걸면 어른들은 차마 모른 척하기 어렵다는 듯 경우를 세워놓고 이것저것 물어본 뒤 그애의 부탁을 들어주었다. 경우가 하는 거짓말들은 분명 거짓말인데도 음흉하게 느껴지지 않았다. 사람들의 눈길을 끄는 경우만의 특징이랄지 매력이 무엇인지는 정확히 알 수 없었으나 나는 경우 곁에서 나쁜 짓을 하지 않고도 살아갈 방법이 있다는 걸 알게 되었다.

"어머니가 알바하는 거 허락해주셨어? 아이고, 우리 아들이 일한다고 하면 나는 공부나 하라고 뭐라 했을 것 같은데."

식당 아줌마가 내게 이렇게 물었을 때 나는 당황해 얼버무렸다. 옆에 있던 경우가 대신 "저희 다 허락받았어요. 대신 공부도 열심히 하는 조건으로요" 하고 말했다. "하여간 대단해, 공부도 열심히 하고 돈도 벌고. 젊어서 그런가." 아줌마들을 보며 나는 이런 물음을 받는 게 아주 오랜만이라는 사실을 떠올렸다.

주점에서 일할 때는 아무도 나와 성연에게 부모님에 대해 묻지 않았다. 자기들이 아무리 욕하고 때려도 우리에게는 우리를 보호해줄 존재가 없다는 사실을 이미 알고 있는 것처럼 함부로 대했다. 아버지가 귀에 박히게 말한 대로 '부모 없어 보이는 애' '자존심 없어 보이는 애' 취급을 받았다. 난난수섬 매니저는 심지어 우리가 미성년자라는 것을 알고 있는데도 단 한번도 학교 출석 여부와 대학 진학에 대해서 묻지 않았다. 그가 우리에게 궁금한 것은 오늘 밤을 새울 수 있는지, 주말에 대타를 할 수 있는지, 위조한 신분증이 있는지 없는지 같은 것들이었다. 매니저는 7번방 손님이 내게 주고 간 팁은 그 손님이 부순 가게 집기를 사는 데 보태야 하니 도로 뱉어내란 말을 미안한 기색 없이 했다. 그날 내가 처음으로 5만원권 지폐를 팁으로 받았다는 걸 알고 하는 말이었다. 5만원권이 처음 발행되고 얼마 안 된 시점이라 나는 그 돈이 신기했다. 괜히 그 돈을 꺼내서 자랑한 걸 오래오래 후회했다.

우리는 주로 주방에서 설거지를 하다가 홀이 바쁠 때는 서빙을 돕고 주문을 받았다. 그날은 단체손님들이 많아 화장실 갈 틈도 없이 바빴다. 주인이 잠시 자리를 비우고 없을 때 손님들이 카운터 앞에 서서 빨리 계산을 해달라고 소리쳤고 식당 아줌마들은 손님들이 떠난 자리를 정리하고 새롭게 밀려들어오는 손님들을 받느라 정신이 없어 보였다. 한 아줌마가 쟁반을 나르며 내게 멀뚱히 서 있지 말고 어서 돈을 받으라고 채근했다. 나는 얼떨결에 뛰어가 계산을 도왔다. 현금을 받고 잔돈을 거슬러주기 위해 금고를 여는 순간, 나는 눈앞에 놓인 돈다발에 순간적으로 눈이 휘둥그레졌다. 단란주점에서는 절대 알바들에게 카운터를 맡기지 않았다. 매니저나 실장으로 불리는 덩치 좋은 남자가 번갈아가며 자리를 지켰고 노골적으로 우리를 경계했다. 금고에 접근도 못하게 해놓고서 계산이 안 맞으면 우리부터 의심하며 눈을 부라리곤 했다.

그에 비해 식당 카운터는 마음만 먹으면 누구나 들어갈 수 있을 만큼 경계가 느슨했다. 계산을 끝내고 손님들이 나간 후에 나는 금고를 살짝 열어 손에 잡히는 대로 현금을 집었다. 만원짜리만 가져가면 티가 날 것 같아 5천원짜리도 몇장 집었다. 그 순간 성큼, 누군가의 그림자가 금고 위로 드리웠다. 덜컥 놀라 돈을 금고 안에 도로 쑤셔 넣었다. 고개를 드니 경우가 카운터 밖에서 몸을 기울인 채로 내게 물었다.

"왜? 계산이 안 맞아?"

"아니. 만원짜리랑 5천원짜리랑 섞여 있길래."

나는 얼버무리며 자리를 피했다. 심장이 한참을 두빙밍이질 쳤다.

그날 이후 나는 틈만 나면 카운터 쪽을 힐긋거렸다. 식당이 어수선한 틈을 타면 손님의 계산을 돕는 척 몇만원 슬쩍하는 건 일도 아닐 것 같았다. 늘키지 않을 자신도 있었다. 그런데 번번이 경우 때문에 나는 타이밍을 놓쳤다. 처음에는 우연이라고 생각했는데 금고를 노릴 때마다 경우와 눈이 마주치자 혹시 경우가 나를 감시하고 있는 게 아닌지 의심하게 됐다. 이것 좀 들어줘, 저기 주문 좀 받아줘, 하면서 내 주의를 돌리는 바람에 나는 카운터 근처에 접근할 수가 없었다. 성연이라면 내가 말하기도 전에 먼저 '내가 돈을 훔칠 테니 너는 그릇을 바닥에 큰 소리 나게 떨어트려라' 하고 시켰을 것이다. 성연은 실수 없이 돈을 훔치고 나를 보며 의기양양해하고, 우리는 그 돈으로 고기를 사 먹고 PC방에 갔을 것이다.

차마 경우에게 혹시 나를 감시하고 있냐고 물을 수가 없었다. 눈이 마주쳤을 때 경우의 눈빛에 경멸이 서려 있지 않았는지 곰곰이 떠올려보게 되었고 경우가 계속 나를 주시하고 있다는 상상만으로도 몹시 수치스러워졌다. 최소한의 체면을 차리고 싶은 마음이었는지는 몰라도 나는 금고를 털어야겠다는 생각을 접었다. 그 이후로는 일을 하다가 경우와 눈이 마주치는 일이 없었다.

식당 일은 몸은 바빠도 머리를 쓰는 일은 아니었다. 모욕을 당할 일도 없고 눈치를 볼 일도 없었다. 하지만 이상하게도 손을 뻗으면 닿을 곳에 돈다발이 있다는 사실이 점점 더 내 마음을 불편하게 했다. 돌이켜보면 내가 지키려고 했던 것은 양심 따위가 아니었기 때문에 식당의 분위기가 묘하게 거슬렸던 것이다.

경우는 안전한 공간에서 어른들의 예쁨을 받으며 지냈다. 경우와 지낼수록 나는 궁금했다. 특유의 신중함과 타인을 향한 예의를 과연 누구에게서 배운 것일까. 스스로 터득했다기에 그 태도는 너무도 복잡하고 정교한 기술이었다. 사랑을 받은 만큼 고결한 사람이 되는 것이라면 나는 납득할 수 있었다. 내가 이 모양이 된 이유가 명백해지는 것이니까. 하지만 경우 같은 존재는 왜인지 불공평하게 느껴졌다. 경우는 자신이 일곱살 때부터 보육원에서 살았다는 것을 어느 날 내게 말해주었다. 함께 지내던 쌍둥이들도 그곳 출신이라고 했다. 경우는 살면서 단 한번도 아버지를 보지 못했고, 중학교에 입학한 이후로는 어머니와도 연락이 끊겼다고 했다.

"왜 사람들이 다 너한테 잘해줘?"

오랜 시간 망설이다가 궁금증을 참을 수 없어서 건넨 질문에 경우는 예상보다 심드렁하게 대답했다.

"네가 보기엔 그래? 아닌데."

"뭐가 아니야. 내가 본 사람들은 다 니한테만 친절하던데. 네가 하는 말은 아무도 무시 안 하잖아, 이성연 빼고."

"모두가 나한테 잘해주면 내가 보육원은 왜 나왔겠어.

넌 나를 좋게만 보는 것 같아."

평소에 경우를 하나하나 뜯어보고 관찰하며 부러워하던 마음을 들켰나 싶어 뜨끔했다.

"내가 빤히 쳐다보면 좀 부담스럽다고 그러더라."

"누가?"

"엄마, 아니, 보육원 사감이. 우리는 사감한테 엄마라고 불렀거든. 사감을 진짜 좋아했어. 사감이 심부름을 시키면 힘든 줄도 모르고 열심히 했어. 일 다 하고 바로 가서 또 시키실 일이 있으면 저한테 말씀하시라고, 막 그랬거든. 근데 어느 날부터 나만 보면 한숨을 푹푹 쉬는 거야. 일부러 나한테만 화장실 청소를 시키고 보육원에서 나오는 쓰레기 분리수거를 전부 하라고 하고. 이상했지만, 그래도 사감이 시키는 일이라면 다 했어. 아, 눈 오는 날 보육원 돌계단에 쌓인 눈을 혼자 다 치웠거든. 나는 뿌듯해져서 사감실 문을 두드렸어. 눈을 다 치웠다고 말하니까 사감이 그때 한참 말없이 나를 보더니 그러더라. 자기 그렇게 쳐다보지 말라고. 내가 쳐다보면 뭘 잔뜩 바라고 있는 것 같아서 마음이 불편하대. 나는 뭘 바란 게 없거든? 그냥 칭찬 한마디 정도 바랐나. 모르겠어."

나는 멍하게 경우가 하는 말을 듣고 있었다. 경우는 내 표정이 심각해 보였는지 아무렇지도 않게 피식 웃었다.

"아무튼 그랬다고. 보육원 형들도 나 싫어했어. 내가 사감한테 너무 아부한다고. 진짜 이유 없이 때리고 발로 차고 그랬어."

그런 일을 겪었는데도 그늘이 없어 보이는 경우가 나는 더 신비하게 느껴졌다. 그날 이후 나는 경우의 행동을 늘 곁눈질하며 살폈고 따라하려 애썼다. 성연을 따라할 때와는 또다른 감정이었다. 경우가 하면 더없이 자연스러운 행동도 내가 흉내 내면 비굴해 보였고 얼뜨기 같았다.

나는 얼마 뒤 식당을 그만두었다. 아무런 예고도 없다가 내일부터 못 나와요, 하고 사장에게 통보하자 그는 혹시 무슨 일이 있냐고 내게 물었다. 나는 머뭇거리다가 수능을 준비해야 한다고 둘러댔다.

13

겨울이 되자 이전과는 다른 고비가 찾아왔다. 원래 추위를 많이 타는 편이었기에 반지하 집의 추위에 적응할 수가 없었다. 아버지를 향한 공포와 분노도 가물가물해질 지경이었다. 집에 들어가기만 하면 굶주림과 추위에서 벗어날 수 있었다. 하지만 막상 집에 돌아가려고 하면 무언가가 내 앞을 가로막고 있는 것처럼 숨이 턱 막혔다. 내 이상한 마음을 들여다보는 게 싫어서 다른 생각을 하기 위해 노력했다. 모르는 아이들과 어울려 다녔다. 게임을 하려고 태어난 듯 하루 종일 게임에만 전력을 다하는 아이들 사이에서 나도 지지 않기 위해 매달렸다. 너무 추워서 일을 하고 싶지도 않았다. 나는 돈이 떨어지면 성연에게 5천원, 만원씩 빌려서 PC방으로 갔다. 경우는 절대로 내게 그런 돈을 빌려주지 않았다.

어느 날, 술값을 하게 천원만 빌려달라고 성연에게 말하자 "지금까지 빌린 돈도 안 갚았잖아" 하고 성연이 나를 발로 찼다. 나는 술에 취해 있어서 그걸 심각하게 여기지 못하고 웃음으로 때웠다. 성연은 더 세게 나를 때렸고 경우가 말리다가 성연의 주먹에 코를 맞아서 코피를 흘렸다. 당황한 성연은 경우에게 사과하는 대신 나를 향해 더 크게 소리를 질렀다. "너 때문이잖아 이 새끼야, 이 기생충 같은 새끼야." 나는 경우가 코피를 닦는 모습을 봤다. 휴지를 가져다줘야겠다고 머리로는 생각하면서 몸이 움직여지지 않아 입만 벙긋거렸다. "그만해." 경우가 휴지로 두 콧구멍을 막고서 점잖게 성연을 타일렀지만 피를 봐서인지 성연은 좀처럼 흥분을 가라앉히지 못했다. 내 머리 위로 성연의 욕이 쉬지 않고 날아들었고 나는 돈이 있으면서도 치사하게 구는 친구들이 서운해 '우리집'에서 뛰쳐나왔다.

거리를 터덜터덜 걸으면서 문득 내가 요즘 이렇게 무기력하고 계속 술만 찾게 되는 건 두툼한 겉옷이 없기 때문이라는 생각이 들었다. 술을 마시면 열이 올라 추위를 잠시나마 잊게 되니까. 패딩 하나 없이 버티기에 날씨가 너무 추웠다. 나는 '우리집'에 굴러다니는 술병들을 일일이 기울여보며 한모금이라도 남은 것이 없는지 뒤지고 다녔다.

술기운에 용기가 솟아나 망설이지 않고 집으로 향했다. 집에 가까워질수록 심장이 두근거렸지만 발에 힘을 주고 성큼성큼 걸었다. 아버지는 일하고 있을 시간이지만 어머니와는 마주칠 수도 있다는 걱정에 아파트 단지에 들어서고부터는 걸음이 느려졌다. 다행히 집은 비어 있었다.

거의 6개월 만에 돌아온 집은 말도 안 되게 넓었다. 열일곱살이 되도록 인식하지 못했던 사실이었다. 아버지가 자랑스러워할 만하네. 이런 집을 자기 명의로 가지고 있는 아버지란 사람은 내 생각보다 꽤 훌륭한 사람이 아닐까, 하고 나는 생각했다.

거실을 훑어보는데 갑자기 흰색 천 같은 게 내 발밑을 휙 스치고 지나갔다. 소스라치게 놀라 천이 날아간 방향을 보자 흰 고양이 한마리가 식탁 밑에 숨어 나를 보고 있었다. 처음 보는 고양이였다.

"이리 와. 이리 와봐."

움직이지 않고 조용히 고양이를 부르자 잠시 후 긴 다리를 쭉 펴더니 밖으로 나왔다. 고양이는 금세 경계를 풀고 가까이 다가와 내 다리 사이를 통과했다. 그리고 주위를 빙글빙글 돈 다음 캣타워로 순식간에 올라갔다. 원래는 러닝머신이 있던 자리였는데 머신은 어디 가고 고양이집과 캣타워, 캣휠이 자리를 차지하고 있었다. 바닥에 고양이 사료 그릇, 물그릇이 가지런히 놓여 있었다.

방으로 들어와 겨울옷 몇가지, 패딩과 후드집업을 챙겼다. 편하게 입을 수 있는 추리닝으로 갈아입고 보니 방 한편에 40킬로그램짜리 고양이 사료가 포대째 쌓여 있는 것이 보였다. 방이 없는 것도 아닌데 왜 하필이면 내 방에 사료를 쌓아둔 건지 의아했다. 내 방은 그리 더럽지 않았지만 그동안 딱히 정성스럽게 관리된 것 같지도 않았다. 아들이 떠난 방에 매일 들어와 쓸고 닦고 물건을 정리하는 어머니를 상상하다보면 죄책감이 드는 동시에 마음이 평화로워지곤 했었는데 그런 건 모두 내 상상에 불과했다.

내가 느끼는 것이 공허와 고독이라는 것을 언제 깨닫게 되었을까. 아마 그 순간이 아닐까.

고양이 사료를 변기에 쏟고 물을 내렸다. 변기에 한번에 너무 많은 사료를 쏟아 넣어 물이 내려가지 않았다. 나는 그대로 두고 나왔다. 고양이는 내게 흥미를 잃었는지 캣타워 위에 조용히 웅크려 있었다. 졸린 모양이었다. 눈을 끔뻑끔뻑하는 고양이의 눈 색깔이 시리도록 푸른색이어서 잠시 홀린 듯 고양이를 바라보았다. 고양이는 평화로워 보이는데 내 마음은 복잡했다. 네가 이 집을, 부모를, 관심을 독차지하고 있구나. 불현듯 심술궂은 마음이 들었다. 고양이의 털은 하얗고 길었다. 꼬리를 흔들 때마다 눈송이 같은 흰색 털이 소복소복 바닥으로 떨어졌다. 누가 집에 고양이를 데리고 온 걸까. 아버지와 어머니가 작고 연약한 생명에게 신경을 기울이고 정성을 쏟는다는 걸 상상하기 어려웠다.

내가 선택해서 집 밖에 나와 있는 거라고 믿었는데 어

쩌면 아닐 수도 있겠다는, 일찍이 내쫓긴 것을 나만 모르고 있었는지도 모른다는 생각이 피어올랐다. 거실에 우뚝 서서 이상한 기분으로 그 순간을 마음에 새겼다. 거실 통유리로 한껏 쏟아져 들어오는 햇살, 먼지와 함께 부유하는 고양이 털, 거실 벽에 걸린 아버지의 독사진, 발바닥에 느껴지는 온기. 한참의 시간이 지난 뒤에도 그 순간을 곱씹어보면 섬뜩한 감정을 느꼈다. 집에서 부모를 마주쳤다면 내가 악한 마음을 먹고 무슨 일을 저질렀을지 가늠하기 어려웠다. 하지만 더 깊은 속마음으로는 네가 그래봤자 눈을 부릅뜨고 노려보기나 하겠지, 뭘 할 수 있겠어, 하고 나 자신을 비웃었다.

새삼 느끼는 것은, 집에는 귀한 물건이 많았다. 돈이 될 만한 것들, 정확한 값은 모르지만 중고로 팔아도 좋은 값을 받을 만한 것들이 즐비했다. 어머니의 가방과 지갑들, 아버지의 골프채와 양주와 넥타이들. 모두 명품이었다. 다 챙기지는 못했지만 나는 어머니의 가방과 아버지가 아끼던 손목시계를 주머니에 챙겨 넣었다. 심플한 디자인이지만 초침과 시침이 금이었다.

"좋은 시계는 스트랩에서 티가 난다. 최고급 악어가죽이라 때깔이 좋아. 김의원이 안목이 있어."

시의원인지 구의원인지 누군가에게 선물받았다며 아버지가 자랑한 기억이 났다. 내가 훔쳐간 걸 알아도 신고는 못할 것이다. 자기 체면이 있으니까 아들이 시계를 훔쳐갔다고 말할 순 없으리라.

안방 서랍을 뒤져서 금반지 하나와 어머니의 화장대 밑에 있던 10만원짜리 백화점 상품권 열장도 찾아냈다. 나는 아버지의 골프 가방에 있던 골프채를 전부 꺼내고 챙긴 물건들을 거기 담아 어깨에 멨다. 들킬까봐 서둘러 집을 나왔다가 엘리베이터를 타기 전 다시 집 안으로 들어갔다. 흙이 묻어 있는 신발을 신은 채로 거실에 깔린 아이보리색 러그를 밟았다. 안방을 함부로 어지럽히고 호텔처럼 깔끔하게 정리되어 있는 침대에 올라가 얼룩을 남겼다. 머저리 같은 행동이었고 전혀 통쾌하지 않았다. 나는 캣타워에 그대로 앉아 창밖을 관찰하듯 바라보는 고양이에게 손을 뻗었다. 나를 경계하고 있지 않다고 생각해서 만져보려 한 것인데 고양이는 내 손이 닿기도 전에 순식간에 몸을 날려 거실 협탁 밑으로 숨었다. 나는 몸을 낮춰 협탁 밑으로 기어들어갔다. 한번만, 한번만, 하고 고양이에게 손을 뻗었지만 고양이는 더 깊은 곳으로 몸을 숨길 뿐이었다. 나는 이내 포기하고 집을 나섰다. 엘리베이터를 타고 내려오며 나는 후련하다기보다는 응어리가 맺힌 것 같은 서러운 기분을 느꼈다.

문득 두려움에 다리가 후들거렸다. 집에 돌아온 아버지와 어머니가 강도가 들었다고 생각하면 어떡하지. 현관 CCTV를 돌려보고 강도의 정체가 나라는 걸 알게 되면 어떤 반응을 보일까. 내게 떨어질 정이라는 게 남아 있기나 할까.

불안하고 서글픈 감정을 누르려 원망에 집중했다. 나는 그럴 용기도 없으면서 아버지에게 모든 걸 되갚아줄 거라고 중얼거렸다.

나는 거래소에서 백화점 상품권을 조금 싸게 팔아 현금으로 바꿨다. 그것으로 아울렛에서 성연과 경우의 패딩을 샀다. 할인율이 80퍼센트나 되었다. 저렴한 가격에 좋은 상품을 사서 기분이 좋았다. 그리고 성연과 경우를 불러내어 남은 돈으로 대패삼겹살을 배 터지게 먹었다. 둘은 어리둥절한 표정을 지었다. 돈이 어디서 났냐고, 이 옷은 어디서 산 거냐고 캐물어도 내가 입을 꾹 다물고 있자 더이상은 묻지 않았다. 아이들을 위해서 드디어 뭔가를 했다는 생각에 처음으로 뿌듯함을 느꼈다.

그날 저녁 나는 경우를 따로 불러 손목에 시계를 채워주었다. 경우는 시계를 보더니 도로 풀어서 내게 내밀었다.

"누구 건지 모르겠지만 다시 가져다놔."

"왜? 내 선물인데."

"딱 봐도 비싸 보여. 어디서 났는데?"

경우는 불편한 얼굴로 나를 다그쳤다. 길가에 가로등 불빛이 깜빡거렸다. 주변 다세대주택에서 개 짖는 소리가 났다. 정확히 어디서 나는지 알 수는 없지만 밤낮없이 이어지는 앙칼진 소리에 귀가 따가웠다. 강아지를 본 적은 없지만 귀엽게 생긴 소형견일 것 같았다. 그때 얼굴 위로 소금 알갱이 같은 게 떨어졌고 나는 하늘을 향해 손을 내밀었다. 쌀알만 한 우박이 떨어지고 있었다. 주차된 차 위로 떨어진 우박이 타닥타닥 소리를 내며 튀고 있었다. 경우는 내가 말이 없자 내 패딩 주머니에 시계를 넣었다.

"패딩은 잘 입을게. 덕분에 따뜻해서 감기 걸릴 일은 없겠다. 근데 시계는 진짜 필요 없거든? 그러니까,"

"내 거야."

나는 경우의 말을 가로챘다.

"내 거 맞다니까? 오늘 집에 갔었어. 돈이 어디서 났겠냐."

"정말?"

"그래. 모아놨던 돈이 조금 있었어. 시계도 내 거 맞고. 네 휴대폰 고물이라서 자주 고장 나잖아. 시계 차고 다녀."

나는 거짓말을 했다. 경우의 팔에 다시 시계를 채워줬고 이번에는 경우도 밀어내지 않았다. 대신 나에게 다시 한번 물었다.

"집이 그렇게 가까웠어? 부모님은? 만났어?"

"멀지는 않아. 어머니 아버지는 못 만났고. 일부러 없는 시간에 간 거야."

느낌에 우박의 크기가 점점 더 커지는 것 같았다. 살갗이 조금 따가울 정도였는데 경우는 집에 들어갈 생각을 하지 않았다.

"너 집이 가까웠구나. 몰랐네. 지금 몇시야?"

"8시 11분."

"시계가 1분 정도 빠르네. 느린 것보다는 빠른 게 나으니까. 시계 정말 내가 써도 되지?"

"그렇다니까."

"고맙다."

경우가 환하게 웃었고 나는 기분이 좋아졌다. 경우보다

나은 게 하나 정도는 있다는 게 뿌듯했다.

"대신 한가지 부탁할 게 있는데."

"뭔데?"

"너 말이야. 만약에 엄마랑 살게 되면 나한테 제일 먼저 말해줘."

"무슨 뜬금없는 소리야."

경우가 황당하다는 듯 웃음을 터뜨렸다.

"나중에 말이야. 그렇게 되면 말해달라고. 해줄 수 있지?"

내가 진지한 얼굴로 재촉하자 경우는 나를 물끄러미 바라봤다. 나의 심연을 응시하듯이. 그리고 이유를 묻지 않고 알겠다고 대답해주었다.

14

여기에서 TV 소리가 들리고, 저기에서 설거지하는 소리가 들리고, 또 저기에서는 드라이어로 머리를 말리는 소리가 들렸다. 이호는 내가 묻지도 않았는데 오늘 누구를 만났는지, 뭘 먹었는지, 어떤 억울한 일을 당했고 어떻게 되갚아줬는지 흥에 겨워 말했다. 이런 다정한 소음에 대한 면역이 없어서 잠시 현기증이 일었지만 솔직히 말하면 이런 피로가 싫지 않았다.

오늘도 귀신들은 이호 하나의 존재감에 저 멀리 물러났다. 처음에는 나에게 들러붙었던 귀신들이 이호에게 옮겨 붙은 게 아닌가 했다. 그래서 넌지시 이호에게 악몽을 꾸지는 않는지, 오한을 느끼지는 않는지 물었지만 이호에게는 아무 이상도 없었다. 나는 아무리 애써도 떨쳐내지 못했는데 이호는 옷깃에 앉은 먼지를 날리듯 간단하게 털어버릴 수 있었다. 이곳에 출몰하는 존재들은 어디서 온 존재들일까. 왜 이 존재들은 이호에게 이렇게 약할까.

나는 평온을 얻었지만 이따금 이 평화가 일시적일 것이라는 생각에 마음이 서늘하고 초조했다. 이호와 진혁은 전혀 나를 아쉬워하지 않을 거고, 집에 꿋꿋이 오는 이유는 편안한 잠을 자기 위해서라는 걸 상기하려 애썼다. 더 나은 거처가 생기면 미련 없이 떠나갈 것이다. 아이들과 살게 되면서 한동안 잊고 있던 '우리집'이 다시 떠올랐다. 매일 북적거리던 집, 이름도 모르던 아이들과 어깨를 맞대고 자던 집.

숨 쉬듯 주변에 피해를 끼치고 강한 사람에게는 약하

게, 약한 사람에게는 강한 척 행동했던 나의 모습들이 기억하기 싫어도 줄줄이 떠올랐다. 이호와 진혁도 그러겠지. 어쩌면 시시덕거리는 저 얼굴 뒤에 내가 상상도 못했던 악한 모습이 있을지 모른다는 생각에 불안해졌다. 아이들은 저들끼리는 상스러운 욕설을 주고받으면서도 내게는 조심스럽고 친근하게 말을 걸었다. 그것이 마음이 뻐근할 만큼 좋았고, 존중받는 어른이 된 느낌에 미소 지었다가도 곧이어 나도 저랬지, 나도 만만한 어른을 보면 어떻게든 이용해보려고 앞에서만 얌전한 체했지, 하며 내 마음을 밝히는 작은 불씨를 순식간에 꺼뜨렸다.

아이들의 이부자리를 살피며 나는 마음을 다졌다. 오래 내 곁에 머물 사람들은 아니지. 너희들이 떠나면 또다시 나는 추위에 떨어야겠지. 나의 사정을 솔직히 말해봤자 소용없을 것이다. 나는 오랫동안 끔찍한 추위 속에서 살고 있어, 그런데 이호 네가 온 뒤에 나는 조금 살 만해졌어, 그렇게 고백하는 상상을 하기도 했으나 내 약점을 알게 된 아이들이 돌변해 나를 이용하려 할지도 모른다는 두려움에 침묵을 태했다.

이호는 내 지갑에서 지금까지 얼마를 가져갔을까. 정확하지는 않지만 4만원에서 5만원 정도일 것이다. 지폐가 여러장일 때 천원씩, 2천원씩 빼가서 내가 모르리라 생각하겠지만 애초에 지폐를 찾아놓은 것도 이호와 진혁 때문이었기에 모를 수가 없었다. 이호는 내가 주는 용돈을 한두번 받더니 그 이후부터는 불편한 얼굴로 거절했다. 이제는 돈을 버니 신경 쓰지 말라고 했다. 지금도 신세를 지고 있는데 돈마저 받으면 마음이 더 불편해질 것 같아서일까. 용돈을 받을 정도로 가까운 사이는 아니라서 거절한 것일까.

이호의 마음을 헤아리려 노력해봤다. 용돈은 거절하면서 몰래 천원씩 훔치는 건 어떤 마음일까. 적은 돈, 없어도 티가 나지 않는 돈을 훔칠 때 느끼는 죄책감이 신세를 지면서 느끼는 부채감보다 가벼운 것일까.

신경질적인 마음으로 아이들을 마음 저편에 밀어놓았다가 끌어당겼다가 하고 있으면 반질반질하게 닦인 어둠 속에서 귀신들이 흥미로운 눈으로 코웃음을 치며 나를 지켜보고 있다는 망상 속으로 빠져들었다.

"형. 문 꼭 닫고 주무세요."

이호는 진혁과 잠시 나갔다 오겠다고 말했다. 저렇게 빼입고 늦은 밤에 어디를 가는 건지 궁금했다. 나쁜 짓을 하러 가겠지. 아니면 이용당하러 가는 것일 수도 있고.

나는 이호의 인사를 들으면 저 아이가 가벼운 인사만 남기고 다시는 돌아오지 않을 것 같은 이상한 느낌이 들었다. 이호가 집에 없을 때 자그마한 인기척이라도 바람에 실려 오면 금세 신경을 곤두세우며 이호를 맞이하기 위해 헐레벌떡 일어나 문을 열어젖혔다. 돌아오는 것은 온기 한점 없는 찬바람이었다.

15

　벚꽃이 거리에 흩날릴 때쯤 나는 호프집에서 알바를 시작했다. 일 따위 하고 싶지 않아서 처음에는 거절했지만 성연이 돈을 갚으라고 성화였기 때문에 피할 수 없었다. 이번에도 성연이 소개해준 가게였다. 어느 순간부터 성연은 또래들과는 거의 어울리지 않았고 바깥에서 알게 된 형들의 비위를 맞춰서라도 그들과 어울리며 어른의 세계에 들어가려고 노력하는 것 같았다. 우리가 일하게 된 호프집의 젊은 사장은 서른도 안되는 나이에 이 호프집 말고도 동네에서 당구장과 스크린 골프장을 운영한다고 했다. 대학을 나오지 않아도 말을 잘 듣고 일을 잘하면 자신의 가게에서 일할 수 있게 도와주는 멋있는 형이라고 성연은 그를 소개했다. 사장 밑에는 고등학교를 나오지 않은 형들이 꽤 많고, 소년원과 소년교도소에 다녀온 형들도 많지만 사장은 신경 쓰지 않는다고도 했다.

젊은 사장은 우리가 성인이라면 당연히 최저시급을 맞춰주겠지만 우리를 쓰면 사장인 자신이 '위험부담'을 안고 가야 하기 때문에 시급의 반만큼 쳐주겠다고 말했다. 대신 저녁 식사를 직접 챙겨줄 것이고 이곳은 안전하게 일할 수 있는 곳이라고 우리를 다독였다.

"여기는 가족 같은 분위기야. 여름에 여기 알바생들이랑 다 같이 계곡도 가고, 고기도 구워 먹고 그래. 너도 집 나왔다면서. 여기 형들 알아두면 곤란한 일 생길 때 나서서 도와주고 챙겨주니까 편하게 일해, 편하게."

성연은 사장에게 줄을 댈 수 있게 도와준 '아는 형'을 봐서라도 일을 잘하겠다고 답지 않게 꾸벅 고개를 숙였다. 나도 똑같이 따라했다. 기대하지 않았는데 좋은 일자리를 구했다는 생각이 들었다. 같이 일하는 형들은 나와 성연을 귀여워했고, 잘 대해주었다.

하루는 술에 취한 손님이 나를 불러서 5천원을 주며 담배를 사오라고 시켰다. 주점에서는 종종 하던 심부름이었기 때문에 군말 없이 나가려고 하자 지나가던 사장이 다가와 나를 막아섰다. 그리고 손님에게 정중하게 말했다.

"손님, 저희 알바생들한테 함부로 담배 심부름 시키지 마세요. 그런 일 시키려고 데려온 애들 아닙니다."

남자는 사장에게 그럼 네가 사오라고 언성을 높였다. 사장은 사람 좋은 웃음을 지으며 차라리 이렇게 자신에게 시키라고 말하곤 곧장 편의점에 가서 담배를 사 왔다. 나는 사장이 멋져 보였다. 사장은 나의 아버지나 이전에 일하던 단란주점의 매니저와는 사뭇 다른 사람이었다. 이런 사람 밑에서 일하는 거라면 시급을 절반만 받아도 억울하지 않다고 생각했다. '위험부담'을 안고 우리의 사정을 봐주는 사장이 고맙기만 했다. 우리를 위해주는 어른이 한명이라도 있다는 게 안심이 됐다. 그는 자신도 10대 때 가출을 해본 경험이 있다며 형이라고 부르라고 시켰다. 우리는 집을 나온 후 처음 느끼는 진심과 친절에 감격해 형이 부탁하는 일이라면 무엇이든 했다. 그가 호프집 2호를 오픈했을 때 무급으로 전단지를 들고 홍보를 해주기도 했다.

우리는 전단지를 각각 천장씩 가지고 나가서 아침부터 저녁까지 뿌렸다. 아파트 20층에서부터 걸어 내려오며 전단지를 돌리다가 운 나쁘게 경비에게 발각되면 다시 올라가 전단지를 하나하나 수거해야 했다. 그렇게 땀 냄새를 풍기며 하루 종일 일하고도 할당된 분량을 소진하지 못하면 형에게 미안함을 느꼈다. 평일에 호프집 서빙을 하는 게 우리 일이었지만 주말에도 형이 부르면 당구장이든 스크린 골프장이든 군말 없이 나갔다. 그런 일들은 형이 우리에게 '다양한 사람들을 만나게 해주고 일을 경험시켜주는 개념'이었기 때문에 알바비를 따로 쳐주지는 않았다. 맛있는 밥을 사주면 우리는 그저 감사하게 여겼다. 가게에서 일하는 형들이 같이 목욕탕에 가자고 하면 따라가서 등을 밀어주었다. 팔뚝과 허벅지에 용이나 뱀이 하나씩은 그려져 있어서 나도 등에 문신을 크게 새기고 싶다는 생각이 들었다. 사우나에서 같이 식혜를 먹으며 형들의 얘기를 듣고 있으면 왠지 우리들이 큰일을 도모하는 사람들 같아서 기분이 좋았다.

우리가 흥에 겨워 열심히 일하자 사장 형은 진지하게 미래를 말했다.

"성연이는 운동신경이 좋은 것 같으니까 스무살 되면 스크린 골프장으로 출근시켜야겠다. 너는 당구장이 더 좋냐? 그래도 인마, 골프장에 있으면 높은 분들 더 많이 볼 수 있어. 너 내년에 바로 면허 따라. 알겠지. 형 도와서 일해야지."

사장 형이 성연에게 이런 말을 하면 초조해서 밤에 잠이 오지 않았다. 내가 성연만큼 유연하게 사람들과 어울리지 못한다는 건 인정하는 바였지만 사장이 나보다 성연에게 훨씬 많은 기대를 걸고 있다는 것을 체감할 때면 속이 쓰렸다. 나는 조금 더 일찍 출근해서 호프집의 온갖 잡다한 일을 자발적으로 했다. 설거지를 하거나 테이블을 정리하거나 주문을 받는 일만으로도 벅찼지만 이런 일들은 너무 사소해 눈에 띄지 않을 것 같아 당구장에도 수시로 출근해 얼굴도장을 찍었다.

"인수는 참 꼼꼼하단 말이야. 너 어디 가지 말고 형 옆에서 계속 일해라? 형이 나중에 호프집 3호점 내면 네가 매니저 하면 좋겠다."

사장 형에게 처음으로 인정을 받았을 때, 나는 설레어 잠들지 못했다. 나도 어엿한 일원이었다. 성연은 자신을 기다리지 않고 내가 먼저 가게에 출근할 때마다 황당해했지만 모처럼 열성적이고 활기찬 내 모습을 재미있어하기도 했다.

사장 형은 머리를 어깨 아래까지 길러서 록밴드 보컬

처럼 풀고 다녔다. 바람이 불면 찰랑거리는 생머리와 우수에 젖은 눈빛이 어우러져 꽤 멋스러웠는데 성연은 그게 부러웠는지 따라서 머리를 기르기 시작했다. 알바를 같이 하는 형들이 장난스럽게 '보급형 사장님' 같다고 놀리자 자신은 사장 형을 따라한 게 절대 아니라고 박박 우겼다. 하지만 내 눈에는 성연이 사장 형을 조금이라도 닮고 싶어서 안달이 난 것 같았다. '우리집' 아이들이 자르는 게 어떠냐고 수없이 권유해도 귓등으로 흘리더니 결국 어깨선 아래까지 기르는 데 성공했다. 나중에는 감당이 안 될 정도로 머리가 뻗쳐서 노란 고무줄로 묶고 다니기까지 했는데 멋스럽기는커녕 범접할 수 없을 만큼 불량해 보일 뿐이었다.

퇴근을 하고 집에 돌아오는 길에서 나는 성연과 많은 이야기를 나누었다. 몸은 피로해도 마음은 그 어느 때보다 편했다. 형이 우리에게 점점 중요한 일들을 맡기는 것 같으니 실망시키지 말자는 이야기, 이렇게 빨리 자리를 잡게 된 게 다행이라는 이야기, 스무살이 되면 차를 사자는 이야기를 하며 상상의 나래를 펼쳤다.

가로수를 보니 어느새 벚꽃은 떨어진 지 오래였다. 대신 부처님오신날이라고 노란 연등이 길을 환히 밝히고 있었다. 우리는 조금 감상에 젖어 그 길을 천천히 거닐었다.

"군대 같이 갈래? 가자. 존나 빨리 가서 빨리 제대하자. 그게 우리한테 유리하니까. 일단 군대 제대하고 사장 형이 골프장이나 당구장 우리한테 맡기면 그걸로 돈 벌자. 난 돈 벌어서 사장 형처럼 포르쉐 사고 싶은데, 너는 무슨 차 탈래? 아우디? 벤츠?"

성연은 전에 없이 들뜬 표정이었다. 솔직히 말하면 나도 사장 형과 똑같은 모델의 차를 뽑고 싶었지만 내가 생각해도 조금 터무니없게 느껴져 조그맣게 말했다.

"돈 모으면… 나는 BMW?"

"이 새끼, 은근히 야무지네."

경우는 하루도 쉬지 않고 일하는 우리를 수상쩍게 여겼다. 경우가 내게 정확히 월급을 얼마 받냐고 물었을 때, 나는 사장 형이 우리를 앉혀놓고 설명해준 말들을 앵무새처럼 똑같이 주절거렸다.

"일단 돈은 이 정도 받지만 우리는 돈으로 환산할 수 없는 귀한 경험을 하는 거지. 따지고 보면 우리는 미성년자니까 어쩔 수가 없어. 형이 '위험부담'을 안고 우리를 써주시는 거니까 그냥 감사하게 생각해야지. 너 같으면 최저시급 주면서 우리를 써주겠어? 우리는 고등학교도 안 나왔고 가출한 애들인데. 솔직히 너무 많은 걸 바라면 우리가 양심 없는 거지."

"사장 형 알고 지내는 것만으로도 우리한테는 무조건 이득이야. 형은 우리 같은 미성년자들은 원래 상대도 안 하는데, 우리가 운 좋은 거지."

성연도 옆에서 내 말을 거들었다. 벽에 기대어 잠자코 듣던 경우가 심상한 표정으로 우리를 향해 물었다.

"그 형이 그렇게 대단한 사람이야?"

"서른도 안됐는데 사장 형 가게가 몇개인지 알아? 차는 포르쉐야. 사장 형 따라다니는 형들이 얼마나 많은데."

"그렇게 대단한 사람인데 왜 주말에 일한 알바비는 주지도 않아? 돈이 그렇게 많으면 우리 같은 애들 불쌍해서라도 조금 더 챙겨줄 수 있는 거 아니야? 그 형한테는 그거 껌값일 거 아니야. 그거 얼마 된다고 반이나 깎아?"

경우는 조곤조곤 말했지만 그 말에 나와 성연은 큰 모욕이라도 당한 것처럼 기분이 상했다. 성연은 발끈해서 경우에게 네가 하는 일은 그렇게 대단한 일이냐느니, 설거지나 서빙만 해서 네가 엄마랑 같이 살 수 있을 것 같냐느니, 네가 푼돈 모을 동안 우리는 인맥을 만들고 여러가지 일을 배웠다며 구구절절 하지 않아도 될 소리까지 늘어놓았다. 성연이 말을 하면 할수록 나는 무언가가 잘못되었다는 걸 희미하게 느꼈지만 그 자리에서는 입도 뻥긋할 수 없었다. 우리는 사장 형의 입장에서 경우와 맞서서 싸웠지만 그날 이후로 우리의 마음속에 의심과 불안이 돋아나 틈만 나면 꿈틀거렸다.

얼마 후 성연은 사장에게 월급을 날짜에 맞춰서 한번에 달라고 말했다. 사장은 어처구니없다는 표정으로 성연을 빤히 쳐다보았다.

"내가 너한테 사정 설명을 안 했니, 성연아."

"그래도 다른 알바 형들한테는 정해진 월급날 한번에 다 입금해주신다고 들었어요."

"그걸 물어봤어? 일일이? 미쳤구나, 너희? 누가 그렇게 말했는데? 너 형 못 믿니?"

사장은 우리가 뒤에서 작당모의를 하기라도 한 것처럼 심각한 얼굴이었다. 우리는 월급을 달에 한번, 현금으로 받았다. 사장은 금색 봉투에 돈을 담아주었는데 받는 기분이 썩 좋았다. 하지만 가게 사정에 따라 월급날이 내날 바뀌었고, 지불할 카드대금이 있다며 두번, 세번 나눠서 주는 일도 허다했다.

"죄송한데요. 솔직히 그 형들보다 저희가 돈 더 급한 거 아시잖아요."

"그래서 너희들 사정 많이 봐줬잖아. 내가 너희들 굶긴 적 있니? 내가 챙겨도 걔네들보다 너희들을 훨씬 더 챙겼어. 너희 불쌍한 애들이니까. 너희 손수 밥해 먹이려고 산 음식 재료값들 너희한테 내라고 한 적 있어?"

"그건…"

"말해. 있어, 없어?"

나와 성연은 사장보다 최소 10센티는 컸다. 그런데 사장의 당당한 카리스마에 압도되어 정리한 말들이 나오지 않았다. 사장은 자신이 나와 성연을 거둬 먹인 것처럼 말했지만 엄밀히 말하면 우리를 위해 밥을 차렸다기보다는 자신이 식사할 때 옆에 수저를 놓아준 것뿐이었다. 호프집에서 남은 음식들을 싸준 적도 있지만 어차피 먹지 않으면 음식물쓰레기로 버려야 할 것들이었다. 집에 가서 먹으라고 준 냉동식품 한 박스는 대부분 유통기한이 지난 것들이었다. 물론 맛있게 먹었으니 불평하지 않았다. 어쨌든 나는 그런 사소한 것들을 따지고 싶지 않았다. 아무것도 아닌 일로 그를 불편하게 하고 싶지 않았고 섭섭하게 하고 싶지 않았다. 받은 은혜를 잊지 않고 갚는 사람이라는 것을 보여주고 싶었다. 그가 이번 일로 나와 성연에게 실망하지 않기를 바랐다. 그러나 사장은 이미 상당히 불쾌한 표정이었다. 금방이라도 나와 성연을 쫓아낼 기세였다. 나는 이쯤 하고 성연이 물러서기를 바라 테이블 아래에서 성연의 손을 꾹 쥐었지만 성연은 나를 뿌리치고 하고 싶은 말을 결국 해버렸다.

"그건 아는데요. 형들 네시간 일할 때 저희는 여덟시간 일하고, 뒷정리까지 다 하고 가잖아요. 주말에도 나오라고 하시면 무조건 나와서 일하고, 배달하라고 하시면 배달도 뛰는데 월급을 제때 안 주시면 저희 진짜 힘들어요."

"다음 주까지 줄 거야. 그리고 미안하지만 나도 속상해서 너희들 못 데리고 있겠다. 이번 달까지만 하고 일 정리하자."

나는 화들짝 놀라 사장에게 그러지 말아달라고 쩔쩔매며 사정했다. 처음으로 구한 안정적이고 따뜻한 일자리였는데 성연이 긁어 부스럼을 만들어 나까지 곤란해진 것 같았다. 나는 사장 옆으로 옮겨 앉아 비굴하게 웃으며 그를 달랬다. 가게 사정이 좋지 않은 걸 잘 알고 있냐고, 지금까지 우리 사정을 봐주셨으니 사장님의 형편이 풀릴 때까지 기다리겠다고 말했다. 내 딴에는 사장과의 관계를 유지하고 싶어서 한 말이었는데 사장에게는 그 말이 또다른 관점에서 기분을 상하게 한 것 같았다. 막상 내가 가게 사정을 운운하니 주제넘다고 여겼던 걸까.

"너희들 아직 나를 잘 모르는 모양이다. 웃기지도 않네. 내가 왜 이런 소리를 듣고 앉아 있는지. 됐다. 내가 사람 보는 눈이 없었다. 너희 같은 애들 쓰지 말라고 여러 사람이 얘기할 때 들었어야 됐는데, 내가 어떻게든 품어보겠다고 버텼더니 이런 결과로 돌아올 줄은 몰랐네. 참담하다, 내가."

사장은 기가 막힌다는 듯 피식 웃더니 어떻게든 내일까지 돈을 마련해놓을 테니 그걸 받고 둘 다 나가라고 말했다.

나는 가게를 나와서 처음으로 성연에게 소리를 질렀다.

"형한테 당장 사과해! 진짜 왜 그딴 식으로 말하냐. 나 같아도 괘씸해서 우리 얼굴 보기 싫겠다."

"좋은 말 할 때 닥쳐라."

성연의 일갈에 입을 꾹 다물긴 했지만 속이 부글부글 끓었다. 나는 밤새 사장의 마음을 돌릴 방법이 없을까 고민하며 머리를 쥐어짰다.

다음 날 사장이 정한 시간에 가게로 들어갔을 때, 불도

켜지 않고 테이블에 앉아 있는 그를 보고 나는 왠지 심상치 않은 일이 일어날 것 같다는 예감이 들었다. 늘 웃는 얼굴로 우리를 대하던 그는 다소 굳은 표정으로 힐긋 우리를 보곤 테이블을 손으로 두번 두드렸다. 사장 앞에 앉자마자 그가 물었다.

"단도직입적으로 물을게. 가게 물건 어디로 빼돌렸니?"

정확히 뜻을 이해하지 못한 상황에서도 나는 심장이 빠르게 뛰는 것을 느꼈다. 말을 더듬지 않으려 노력하며 천천히 그게 무슨 소리냐고, 뭐가 사라졌는지는 몰라도 우리는 그런 적이 없다고 대답했다. 애초에 평범한 동네 호프집에 돈이 될 만한 물건이 있을 리 없었다.

"내가 발주를 잘못 넣었다고 생각했는데 그게 아니더라. 다시 계산해보니까 병맥주 열다섯 상자, 소주 열 상자가 비더라. 네달 동안 스물다섯 상자. 이상하다고 생각하긴 했는데, 설마 하면서 그냥 넘긴 내 잘못이지. 내가 안일했다. 내가 정말,"

"저희 그런 적 없는데요."

성연이 사장의 말을 끊고 신경질적으로 쏘아붙였다.

"너희들 어려움 없도록 꽤 노력했다고 생각하는데…

나만 진심이었나보구나. 나도 어렵게 살았기 때문에 너희들이 눈에 밟혀서 지금껏 간이고 쓸개고 다 빼주면서 잘해줬는데, 응? 챙긴다고 챙겼는데 그게 부족했나보구나."

간과 쓸개? 나는 눈이 튀어나올 정도로 어이가 없고 당황스러워서 반박할 엄두가 나지 않았다. 고개를 돌려 성연의 표정을 보니 금방이라도 폭발할 것처럼 아슬아슬했다.

"저기요. 사장님, 아니, 형. 아니라고요. 맥주인지, 소주인지, 그거 저희가 손댄 거 아니에요. 다른 알바생들도 있잖아요. 왜 우리만 의심하는데요. 우리가 거지라서요? 씨발, 우리 아니에요. 제발 믿어달라고요."

성연은 불끈 쥔 주먹이 부들부들 떨릴 정도로 억울해했다.

"누가 네 형이야. 형이라고 부르지 마. 아니라고? 그럼 통조림이랑 치즈랑 남은 치킨들 챙겨간 적도 없다는 거냐? 너희들 사정 아니까 눈감아준 거야. 너희 같은 새끼들은 호의를 이런 식으로 갚냐?"

심장이 내 귓가에서 뛰는 것처럼, 펄떡거리는 소리가 생생했다. 나는 고개를 푹 숙이고 호흡을 골랐다. 그건 우리가 맞았다. 집에 갈 때 한번씩 손님들이 먹다 남긴 치킨들을 버리는 척하면서 비닐에 따로 담아 챙겼다. 그릇에 남은 치즈도 외투 속에 챙겨 넣었다. 어차피 우리가 안 먹으면 쓰레기가 될 거니까. '우리집'에 드나드는 아이들은 식은 음식들도 잘만 먹었다. 가끔 황도 통조림을 슬쩍하기도 했다. 창고에는 식재료가 쌓여 있었기 때문에 그 정도는 티가 나지 않을 줄 알았다. 누군가 먹다 남긴 음식들을 몰래 챙겨서 집에 가져간 사실을 들켰다는 게 수치스러웠고 그걸 사장이 알고도 지금껏 모른 체해주었다는 것이 우리를 더 초라하게 만들었다.

식재료를 몇번 훔치긴 했지만 술을 몇 박스나 통째로 가져갈 만큼 우리는 치밀하지도 과감하지도 않다는 걸 말해야 하는데 무슨 말을 해도 궁색하게 들릴 것 같아서 그냥 고개를 숙이고 있었다.

"아니에요… 저희 진짜 아니에요."

성연이 평소답지 않은 태도로 우물거렸다.

사장은 팔짱을 끼고 숨을 푹푹 내쉬며 혼자서 화를 삭였다. 그리고 일어나 카운터로 가서 금고를 열었다. 나는 죽은 듯이 가만히 몸을 굳히고 사장의 발소리에 귀를 기울었다.

다시 돌아온 사장은 우리 앞에 봉투 두개를 밀어주었다. 여느 때처럼 금색 봉투였다.

"마지막인데 너희한테 모질게 굴고 싶지도 않고, 형이
그 정도 손해는 감수할게. 이거 가지고 가라. 이제 나쁜 짓
하지 말고."

나는 봉투에 든 돈을 확인하지도 않고 챙겼다. 성연이
반응 없이 앉아 있는 것을 보고 그애의 몫까지 챙겨서 엉
거주춤 일어났다. 이 호프집에 온 첫날처럼 쭈뼛거리며
사장에게 허리를 깊이 숙여 인사한 후, 성연을 일으켜 가
게 밖으로 나왔다.

"그동안 감사했습니다."

나는 그게 예의인 것 같아 닫힌 문을 향해 목소리를 짜
내 인사했다. 터덜터덜 걸어서 집으로 가던 중 갑자기 성
연이 내 손에 있던 봉투를 빼앗아갔다.

"뭐 해."

"아, 이 개새끼."

봉투 안을 확인한 성연은 길 한복판에서 발을 구르며
차마 입에도 담기 힘든 욕을 한참 동안 내뱉었다. 성연은
원래 입이 걸었지만 이날 내뱉은 말들은 떠올리기만 해도
오싹할 정도였다. 그리고 내가 붙잡을 새도 없이 왔던 길
을 되돌아 호프집으로 뛰어갔다.

16

　가게에는 CCTV가 없었기에 성연이 어떻게 그 사람을 폭행했는지 정확히는 알 수 없었다. 사장의 증언에 의하면 최소 30분간 무자비한 폭행이 이루어졌다고 했다. 성연의 어머니와 외할머니가 나를 만나러 '우리집'까지 찾아왔다. 성연에게 주소를 물어 왔다며 성연의 외할머니는 우리 손자가 누명을 쓴 게 분명하다고, 네가 아는 진실을 얘기해달라고 손을 붙잡고 부탁해왔다. 할머니의 손등에 파란색 핏줄이 불거져 있었다. 죄송해요. 전 거기 없었어요. 저는 그날 그냥 집으로 왔거든요. 못 봤어요, 아무것도. 나는 할머니의 까칠한 손의 감촉을 느끼며 그 말만 반복했다.

　성연은 8호 처분을 받고 소년원에 한달 정도 수용되었다가 풀려났다. 소년원에서 그애가 나오는 날 나와 경우는 성연의 외할머니와 어머니 손에 이끌려 마중을 나갔다. 성연은 가족들보다 나와 경우를 더 반가워했다. 안에서 운동을 많이 했는지 체격이 커지고 더 단단해진 느낌이 들었다. 어깨선 아래까지 길렀던 성연의 머리는 짧게 다듬어져 있었다. 성연 특유의 진한 눈썹과 두드러진 눈썹뼈가 드러나자 나이보다 훨씬 성숙하고 강인해 보였다.

우리는 소년원 근처에 있는 소갈비집에 갔다. 소년원 송치 판결을 받았다는 것은 성연의 혐의가 분명하다는 뜻임에도 불구하고 여전히 성연의 할머니는 손자가 어느 정도 오해를 받고 있다고 생각했다. 착한 아이가 변명 한번 하지 않고 우직하게 죗값을 치르고 왔다고 확신하며 가련하게 여겼다.

하지만 폭행은 성연이 단독으로 저지른 일이라는 것, 성연에게 맞은 사장이 타박상과 뇌진탕으로 입원해 몇주간 병원 신세를 졌다는 건 부인할 수 없는 진실이었다. 우습지만 나는 그때까지만 해도 사장에게 큰 죄책감과 부채감을 안고 있었다. 비록 사장이 성연과 나의 월급봉투에 각각 5만원씩만 넣었다고 해도… 우리에 대해 큰 오해를 하고 있던 사장으로서는 어쩔 수 없었을 것이라고… 혼자 추측하고 그를 이해해버렸다. 몰래 병문안을 가기까지 했다. 사장이 만남을 거부해 얼굴도 보지 못했다는 사실은 영원한 비밀이 되었다. 나는 박카스를 사서 병실 문 앞에 두고 왔다. 성연의 바보 같은 행동 때문에 사장과의 관계가 회복될 가능성이 완전히 사라졌다는 사실이 말할 수 없을 만큼 슬프고 서러웠다.

소년원에 송치되기 전, 성연의 어머니는 아들의 누명을 벗겨달라고 보조인(소년심판에서는 변호인을 보조인이라고 불렀다)에게 호소했다. 보호자가 이런 식으로 나오면 더 무거운 처분을 받을 수도 있다는 충고에 하는 수 없이 서둘러 사장을 찾아가 합의를 보았다고도 했다. 성연의 가족들이 성연의 결백을 철석같이 믿는 것도 충격이었지만 합의를 봤다는 사실은 더욱 큰 충격이었다. 그때까지 나는 성연도 나처럼 의지할 가족이 없을 것이라고 생각하고 있었다. 나의 섣부른 예상이 아니라, 그애가 흘리는 말들을 토대로 추리해보면 그애는 의붓아버지에게 장기가 파열될 정도로 폭행당하고, 의붓아버지가 데려온 형과 비교당하면서 사는 불행한 아이였다.

성연의 어머니는 한 손으로 고기를 구우면서도 성연의 손을 놓지 않았다. 성연의 까무잡잡하고 부르튼 손등을 어루만지며 얼마나 험한 일을 했으면 이 지경이 됐냐며 울먹거렸다.

"많이 먹어, 아들. 너희들도 많이 먹으렴. 같이 와줘서 고마워."

이렇게나 각별한 가족이 있으면서도 집에 들어가지 않

는 것이 나는 이해되지 않았다. 성연의 외할머니가 내 밥그릇 위에 놓아주는 고기는 먹음직스러웠지만 그날따라 음식 맛이 잘 느껴지지 않았다. 성연은 어쩐지 어리광을 부리는 것처럼 잠자코 어머니에게 손을 맡겼다가 그 모습을 뚫어져라 보는 나와 눈이 마주치고는 황급히 어머니 손을 뿌리쳤다. 어머니는 서운한 표정을 지으면서도 억지로 다시 손을 잡지는 않았다. 아들의 바깥 생활이 익숙한 듯 나와 경우에게도 밥은 잘 먹고 다니는지 같은 하나마나 한 질문들만 할 뿐 대답하기 곤란한 질문은 하지 않았다. 그리고 묻지도 않고 냉면 세그릇을 주문해 우리 앞으로 밀어주었다. 입가심해. 많이 먹어. 한창 먹을 때잖아. 더 먹어. 나는 더 밀어 넣으면 속이 안 좋아질 것을 알면서도 멈추지 못하고 앉은 자리에서 음식들을 먹어치웠다.

"성연아. 언제 들어올 거야? 불편하게 안 할 테니까 잠은 집에서 자. 하고 싶은 거 있더라도 고등학교는 졸업해야지. 유급하는 거 부끄러운 거 아니야. 지금이라도 1학년으로 들어가자."

"똑같은 말 그만 좀 해."

"종진이 대학교 기숙사 들어갔어. 집에 형 없으니까 걱정 말고 들어와. 엄마가 단단히 말해뒀으니까 아버지도 이번 일에 대해서는 아무 말도 안 하실 거야. 그리고, 아버지가 합의금 마련해주셨다고 엄마가 말했지? 너 위해서 힘들게 구하신 거야. 그러니까,"

"그 사람 얘기 꺼내지 말라고 했지."

밥 먹는 내내 지겨울 정도로 이어지는 어머니의 설득과 회유에도 별다른 반응 없이 고기를 집어먹던 성연은 아버지 이야기가 나오자마자 눈을 치켜떴다.

"아버지가 너 터치 안 하시기로 엄마랑 약속했다니까. 정말이야."

"그만하라고. 나 가버린다?"

"알았어. 미안해. 얼른 먹어."

성연의 어머니는 어떻게든 아들의 비위를 맞추려 노력했다. 성연은 어머니가 곧바로 미안하다는 말로 달래자 금방 잠잠해졌다. 솔직히 나는 그애가 집에서도 폭군처럼 행동할 줄 알았다. 강한 성연과 더 강한 성연의 의붓아버지가 부딪혀 항상 전쟁터 같은 분위기일 거라 짐작했기 때문에 그 순한 양(평소와 비교하면 순한 양과 다름없었다) 같은 모습에 이상한 기분을 느꼈다. 내가 느낀 그 마음은 배신감이었을까.

"지현이가 오빠 언제 오냐고 매일 물어. 지현이 초등학교 졸업식에는 올 거지?"

동생이 있다는 사실도 성연은 전혀 말하지 않았기 때문에 나는 그날 알게 되었다. 발끝에서부터 묘한 불쾌감이 스멀스멀 올라왔다.

경우는 표정 없이 냉면에 집중하고 있었다. 경우도 나와 비슷한 감정을 느끼고 있을지 궁금했다. 밥을 먹고 나와서 어머니와 성연 사이에 실랑이가 벌어졌다. 할머니와 어머니는 성연과 함께 집으로 돌아가길 원했지만 성연은 알아서 돌아갈 것이니 먼저 집에 가라고 단호하게 말했다. 그때 어머니가 나와 경우에게 눈치를 줬다. 그제야 나는 왜 어머니가 우리를 데리고 이곳까지 왔는지 깨달았다. 성연을 설득할 때 나와 경우가 옆에서 거들어주기를 바랐던 것이었다. 사인을 눈치채자마자 경우는 성연에게 집으로 돌아가라고 설득했지만 나는 옆에 멀뚱히 서서 아무 말도 보태지 않았다.

어머니, 할머니와 헤어진 후에 집으로 돌아오며 우리는 말없이 걸었다. 가족들과 헤어지니 식사자리에서의 자신의 행동이 조금 낯 뜨겁고 겸연쩍다는 생각이 들었는지 성연은 괜히 툴툴댔다.

"존나 극성이야. 피곤하다, 피곤해."

"어머니랑 같이 집 가지 왜 안 갔어."

"말이라고 하냐. 그럼 그 사람 얼굴 봐야 되잖아. 역겨워. 면상 보면 토할 것 같아."

성연이 인상을 잔뜩 찡그리며 말했다. 정작 속이 더부룩해서 집에 가는 길에 구토를 한 것은 나였다.

성연은 '아는 형'들과 어울려 다니며 나와는 상대도 안 될 만큼 과감하게 일을 저질렀다. 면허도 없으면서 운전을 하고 다녔고 절도는 그애의 특기였다. 지금껏 단 한번도 잡히지 않다가 이제야 소년원을 간 게 용하다는 생각이 들 정도였다.

하지만 그날 이후 나는 나와 경우, 성연 우리 셋 중 가정으로 돌아갈 가능성이 가장 높은 아이는 다름 아닌 성연이고, 그때가 되면 성연은 번뜩 정신을 차리고 이 생활을 깔끔하게 청산할 것이라는 확신에 혼자 괴로워했다. 집으로 돌아간 그애는 어머니와 할머니의 환대를 받을 것이고 지금의 모습은 떠오르지도 않을 만큼 번듯해질 거라는 생각으로 숨이 막혔다.

'이성연은 말끔히게 잊겠지. 원래 뒤끝이 없으니까.'

그러고 보니 성연의 성격과 모든 행동이 달리 보였다. 믿는 구석이 있어서 그렇게 할 수 있었던 거구나, 하는 깨달음이 나를 스쳤다. 가끔 쾌활하고 경쾌해 보이기까지 하는 성연의 모습은 사랑을 받아본 사람의 특징이라는 결론에 도달했다.

성연이 받고 있는 정도의 사랑과 정성을 받았다면 난 절대로 어긋나지 않았을 거라고 장담할 수 있었다. 어머니와 아버지가 내 바짓가랑이를 붙들고 마음을 얻어내려 저렇게 노력했다면, 저렇게 회유했다면, 두말없이 집으로 돌아갔을 것이다.

17

얼마 뒤 성연은 소년원에서 만난 아이 둘을 집으로 데려왔다. 영철과 세준은 중학교 때부터 알고 지낸 사이였고 각자 다니던 학교에서 일진으로 유명했다고 했다. 영철은 고등학교를 자퇴했고 세준은 퇴학을 당한 상태였다. 성연과 영철, 세준이 대화할 때 옆에서 관찰하다보면 그들이 잘 통한다는 것을 느낄 수 있었다. 셋은 소위 '코드'가 맞았다. 영철은 성연만큼이나 기분파였다. 키는 작은 편이어도 몸이 돌덩이처럼 단단하고 운동신경이 좋았다.

자신의 신체능력을 맹신해 시비를 다투는 일이 있으면 절대 물러서는 법 없이 힘으로 해결하려 했다. 또래보다도 특히 남자 어른들에게 일부러 힘자랑을 하려는 것처럼 예의 없이 굴며 화를 돋우곤 했다. 영철이 PC방과 오락실, 주점에서 여러번 소란을 피웠기 때문에 함께 다니면 아무도 우리를 달가워하지 않았다. 세준은 겉으로 보면 경우만큼이나 단정하고 얌전한 인상이어서 퇴학을 당했다는 말을 들었을 때 솔직히 의외라고 생각했다. 퇴학을 당할 때 자기는 약간 억울한 부분이 있었던 모양이지만 소년원을 세번이나 들락거렸다는 얘기를 듣고 나는 세준과 거리를 둬야겠다고 마음먹었다. 나는 세준이 직접 폭력을 쓰는 모습은 한번도 보지 못했는데 영철이 폭력을 쓰는 곳에는 항상 세준이 있었다. 세준은 영철이 누군가의 앞에 삐딱하게 서서 가오를 잡을 때마다 옆에서 교묘한 말로 부추겼고 영철은 어김없이 주먹을 휘둘렀다.

　셋은 주유소에서 얼마간 일하다가 금방 그만두고 세차장에서 며칠 일하다가 그만두는 날들을 반복했다. 어쩌다 알게 된 형들과 어울리며 나로서는 알 수 없는 일들을 했다. 나는 영철과 세준에게서 성연과 비슷한 면을 많이 발견했으면서도 성연에게 느꼈던 친근감을 느낄 수는 없었다.

　A는 자주는 아니었지만 한달에 한두번은 '우리집'에 찾아오는 아이였다. 그애는 어울리는 무리 없이 혼자 움직였다. '우리집'은 주영이 어느 날 돌아와 집을 비우라고 하지 않는 이상 누군가의 소유가 될 수 없는 곳이었다. 이곳에서 누가 며칠을 머물든 서로가 터치하지 않는 게 불문율이었지만 A가 집에 오면 분위기가 험악해지는 것은 어쩔 수가 없었다. 그애를 볼 때 인상을 찡그리지 않는 사람은 경우뿐이었다. A는 자신의 이름이나 나이를 밝히지 않았다. 물어볼 때마다 딴청을 피우거나 기억상실증에 걸렸다는 식으로 회피했기에 우리는 대답 듣기를 포기했다.

　그애는 자기 것과 남의 것을 잘 구분하지 못했다. 눈에 보이는 것을 아무거나 먹고 손에 잡히는 대로 입었다. 현관문을 나설 때 아무 신발이나 꿰어 신고 나가서 아이들을 곤란에 빠뜨리기도 했다. 아무리 우리에게 기준이 없고 질서가 없어도 A가 일으키는 혼란은 난감했다. 우리끼리는 주먹질을 하지 않는 분위기였지만 성연과 영철은 A를 잡아서 넘어뜨리거나 정신을 차리라며 뺨을 때렸다. A는 엄살을 피우며 맞기도 전에 큰 소리를 질렀고 성연이 시끄러워 멱살을 놓아주면 금세 능글거리며 다시는 그러지 않겠다고, 모든 것은 실수였다고 눙쳤다. A는 아이들이 자기를 싫어하는 걸 뻔히 알면서도 옆에 다가가 말을 걸었다. 아이들이 조그마한 관심을 던져주면 누런 이를 드러내며 웃었다. 가끔씩 A를 보면 나를 보는 것 같아서 안쓰러웠고 한편으로는 내가 저 정도는 아니라서 다행이라고 생각했다.

아이들이 A에게 도끼눈을 뜨지 않을 때는 A가 돈을 쏠 때뿐이었다. 한번은 A가 라면을 한 박스 사온 적이 있었다. 배고픈 우리들은 마음만 먹으면 한 사람당 라면 세봉지는 거뜬했기에 라면을 맛있게 나눠먹고 A에게 약간의 친절을 베풀었다. 누군가 A에게 돈을 어디서 구했냐고 묻자 A는 영업비밀이라는 식으로 대답을 피했다. 모두가 틀림없이 훔친 돈일 것이라고 수군거렸다. 새벽녘 내가 넌지시 어디서, 무엇을, 어떻게 훔친 거냐고 물으니 A는 황당하다는 듯 부인했다.

"무슨 소리야, 나는 남의 돈 안 훔쳐."

그렇다면 노동을 통해 번 돈이라는 애긴네 아무리 봐도 A가 일을 할 사람으로는 보이지 않았다. 더 정확히 말하면 아무도 A에게 일을 맡길 것 같지 않았다. A는 왜소한 몸집이었고 오랫동안 씻지 않아 몸에서 좋지 않은 냄새가 났다. 여름이라 더 심했다. 옷을 갈아입은 지도 오래인 것 같았는데 본인은 전혀 신경 쓰지 않았다. 이미 그 상태에 익숙해진 듯 보였다.

나는 사장 형에게 잘린 후에 일을 구하지 않고 있었다. 난생처음 느낀 허탈감 때문에 집에서 무기력하게 시간을 보냈다. 성연과 경우 몰래 몇번 더 호프집과 당구장 근처를 맴돌았다. 차마 사장 형의 얼굴을 마주할 용기가 없었고 성연도 없는데 굳이 나를 쓸 이유가 없을 것 같아 애써 마음을 접었다. 규칙적인 생활은 끝났고 다시 엉망진창 목적 없는 삶으로 돌아왔다.

찌는 듯한 더위에 나는 자주 집을 떠올렸다. 지금 살고 있는 반지하 '우리집' 말고, 내가 17년간 살았던 그 집을. 떠올리기만 해도 숨이 턱 막혔던 그 집은 이따금 평화롭고 안정적인 모습으로 탈바꿈되어 내 꿈에 찾아왔다. 적절한 온도와 습도로 유지되는 집. 엄마가 가꾼 허브향이 풍기는 집. 빈집을 지키던 흰색 고양이의 이미지는 눈을 감아도 눈꺼풀 아래에서 어른거렸다. 다정한 엄마와 자상한 아빠가 내 이름을 부르면 나는 달려갔다. 그들은 내게 마음을 몰라줘 미안하다고, 이제부터는 너의 마음을 이해하기 위해 노력하겠다고, 부탁이니 이제 그만 집으로 돌아오라고 애절하게 말했다. 나는 눈물을 글썽이며 아빠의 손을 덥석 잡았다. 꿈에서 깬 후 떠올려보면 그 사람들은 내가 아는 아버지와 어머니가 아니었다. 본 적 없는 얼굴들을 내 부모로 삼아 나는 밤마다 그리워했다.

반지하 방은 습도가 높아 샤워를 하고 나와도 금세 찝찝해졌다. 이상한 냄새가 나는 것 같아 창문을 열면 인색한 햇살에 오줌 냄새가 실려 왔다. 길고양이가 창가를 어슬렁거렸다. 나는 그 고양이를 가까이에서 보려고 조금 더 다가가 누웠다. 몸집이 비대하고 털이 지저분한 고양이들을 보면 털이 하얗고 풍성하며 걸음걸이가 느긋했던 흰색 고양이가 생각나 기분이 가라앉았다. 같이 누워 고양이를 보고 있던 A가 말했다.

"어차피 쟤네 금방 죽어."

밤마다 발정 난 울음소리에 시달려 뒤척이던 내가 고양이들을 벼르는 줄 알았던 걸까. A는 나를 말리듯 덧붙였다. 쟤네 거의 3년도 못 살아. 그날은 이상하게 A가 멀쩡해 보였다. 눈빛도 또렷했고 평소보나는 말노 또박또박했다.

"그냥 쳐다본 것뿐이야. 눈앞에 계속 어슬렁거리니까.

우리 집에도 고양이 있어."

A가 놀란 듯 눈을 동그랗게 뜨고 말했다.

"돈 많이 들잖아."

"나는 잘 몰라. 내가 데려온 건 아니라서."

A는 자기도 한겨울에 자신을 자꾸 따라오는 길고양이를 집에 들인 적이 있는데 돈이 너무 많이 들어서 데려온 걸 후회했다고 말했다.

"예방접종도 해야 하고 중성화수술도 해야 한다는 거야. 사료도 맞는 걸로 바꿔줘야 하고, 화장실 모래도 사야 된대. 너 그런 거 알아? 그냥 놀이터에 있는 모래를 퍼서 화장실 만들어줬어. 근데 사료 값이 너무 비싼 거야. 결국 다시 내보냈어. 아마 죽었을 거야."

내가 강도처럼 집에 몰래 들어가 고양이 사료와 물을 변기에 버린 날, 엄마가 집에 돌아와 고양이 밥그릇에 사료를 채워주었을지 궁금했다. 얼마나 나를 괘씸하게 여겼을까. 기가 차고 어이가 없었겠지. 내 마음을 헤아려보았을까. 내가 훔쳐간 것들에 대해서는 분명 무척 아쉬워했을 것이다. 나는 가지고 나온 어머니의 핸드백을 중고거래 카페에 올려 팔았다. 진품이 분명한데 구매자들은 그것을 증명할 보증서를 요구했고 방법이 없던 나는 결국

헐값에 팔아치울 수밖에 없었다. 내가 없는 집에서 어머니가 소파에 앉아 고양이를 무릎 위에 올려두고 뉴스나 드라마를 보는 장면이 지나치게 구체적으로 그려졌다. 어머니는 고양이를 소중하게 기를 것이다. 깨끗하게 씻기고 배부르게 먹이겠지. 믿을 수 없을 정도로 나른하고 평화로운 풍경이었다.

"난 돈 많이 생기면 고양이 키울 거야. 봐둔 애가 있어. 청류역 구두 수선집 근처에서 맴도는 고양이인데 털이 노란색이야. 걔는 오른쪽 뒷발을 절어. 그런 애는 오래 못 살아."

A는 내가 대꾸를 하든 말든 어눌한 말투로 마음대로 떠들었다.

"그 돈이라는 건 어떻게 생기는데? 말해줘."

불쑥 내가 묻자 A는 이번에도 빙긋 웃기만 할 뿐 대답이 없었다. 말해줄 생각이 없는 것 같아 내가 돌아누워 눈을 감자 A가 양쪽 소매를 걷어붙이더니 팔을 내 코앞에 들이밀었다. 나는 의아한 눈길로 바라보다가 나도 모르게 눈이 휘둥그레졌다.

"누가 이랬어? 신고했어? 병원은?"

A의 왼쪽 팔은 오른팔에 비해 훨씬 퉁퉁 부어 있었고

푸르뎅뎅한 멍이 들어 있었다. A는 목소리를 낮추고 내 귓가에 속삭였다.

"내가. 내가 이랬어."

"무슨 말인데?"

A는 잠시 천장을 올려다보았다. 그곳에 무엇이 있기라도 한 것처럼 골똘히 응시하더니 느닷없이 쉿, 다들 조용히 해, 하고 말했다. 내가 야, 하고 불러도 대답하지 않더니 한참 후에 느릿느릿 말을 이었다.

"차가 천천히 올 때, 슬쩍 몸을 밀어 넣는 거야. 승용차는 뒷바퀴에 발을 살짝, 경차는 사이드 미러 쪽으로 몸을 기울여. 강약 조절이 필요해. 무슨 말인지 알아? 소리는 크게 나야 하고, 무게는 실으면 안 돼. 무게가 실리면 이렇게 돼. 내 말 무슨 말인지 알겠지."

A가 바지를 걷어 자기 다리를 보여줬다. 양말을 벗었을 때, 오른 다리의 발톱이 죄다 빠져 있는 게 보였다. 그러고 보니 A는 미묘하게 오른쪽 다리를 절었다. 차가 자기를 밟고 지나가서 발등뼈가 산산조각이 났는데 제대로 치료를 하지 못해서 이렇게 됐다고 말했다.

"사람이 내리면 도로에 벌렁 드러누워. 아프다고 고래고래 소리를 지르는 거야. 운 나쁘면 돈도 못 받고 욕먹거나 맞을 수도 있어. 신고도 몇번 당했고."

"진짜 그렇게 돈 뜯는다고? 그러다 죽을 수도 있겠는데."

"배고파서 죽는 것보다는 낫지."

"그거야 그렇지만. 하는 척만 하지 굳이 이렇게까지…"

A는 나의 안일한 사고방식이 답답하다는 듯 목소리를 높였다.

"사람 속이는 게 쉬운 줄 알아? 너도 알고 있잖아. 특히 나 같은 애는 웬만해서는 안 믿어주거든. 나도 이런저런 일 다 해봤어. 결국 다 나를 안 믿어. 억울해!"

"그래. 그래서?"

"그러면 어떻게 해야 되겠어. 상대방이 납득할 만큼 내가 아파줘야겠지? 내 말 맞지?"

그 부분만큼은 확실하게 공감할 수 있었다. 나쁜 일이 생기면 대부분의 사람들은 우리부터 의심하고 보니까.

"제대로 아파주면 되는 거야. 그쪽에서 의심할 수도 없고 반박할 수도 없게 내가 망가져야 되는 거야. 내 말 알아들어? 제대로 부서지고 제대로 찢겨야 사람들은 '사고를 냈구나' 겁먹고 내가 해달라는 대로 해주거든. 그래서 솔직히 나는 죄책감 같은 거 별로 안 들어. 나는 사람 속이려고 아픈 척 연기하지 않거든. 그 순간에 나는 진짜로 아파. 존나 아파서 죽을 것 같아."

"그렇구나."

A가 히죽 웃었다. A는 말 중간중간 다소 못 미덥다는 듯 내 눈을 뚫어지게 쳐다보며 알아듣고 있는 게 맞냐고, 이해가 되냐고 물었다. 처음에는 당황스러웠지만 충분히 이해는 됐다.

"내가 가진 거는 몸뚱이뿐이거든. 근데 이 몸뚱이도 내 말을 잘 안 들어. 힘이 세지도 않고, 말귀도 잘 못 알아듣고. 사람들도 내 말을 잘 못 알아들어, 짜증나게. 너는 알아듣고 있는 거 맞지?"

A는 분명 행동이 굼떴다. 말투가 몹시 어눌하고 자기가 하고 싶은 말만 내뱉었기 때문에 아이들의 화를 돋우었다. 해서는 안 된다고 알려준 행동들을 짜증날 정도로 계속 반복했다. 성연에게 몇대 두들겨 맞아야 머리에 입력이 되는 것 같았다. 솔직히 말하면 나는 A가 자신의 상태를 객관적으로 진단할 수 있는 지능을 가졌다는 게 신기했다.

"아무도 일 안 시켜주고, 가끔 일을 시켜놓고 돈도 안 주고, 그러는 거야. 억울해. 근데 차에 치이면 대부분은 돈

줘. 병원 가자는 사람들도 있긴 한데 그래도 거의 다 나한
테 꼼짝 못해."

그애가 하는 자기합리화와 비겁함은 어디서 본 것처럼
익숙했다. A의 행동이 너무나 납득되고 이해가 됐다. 아
무것도 할 수 없다면. 내가 가진 게 몸뚱이밖에 없는데 누
구도 나에게 호의를 베풀 마음이 없다면.

"나는 그런 방법 생각 못해봤는데. 나쁘지 않은 것 같
다."

"맞지? 그래도 함부로 따라하지 마. 안 돼. 이거 진짜 아
파. 나도 여러번 해보고 나름대로 노하우가 있어서 하는
거야."

A는 손사래 치며 나를 말리면서도 한편으로는 조금 우
쭐해 보였다. 그러고는 내가 자신의 말에 귀 기울여준 게
기분 좋은지 나보고 뭘 좋아하냐고 물었다. 아침에 밥을
사주겠다고 했다. 더위를 먹었는지 입맛이 없어서 아이스
크림을 먹고 싶다고 했더니 주머니에서 5천원을 꺼내 내
게 주었다.

"사 먹이."

"진짜?"

"응. 사 먹어. 돈은 또 벌면 되니까."

나는 마음속으로 A에게 친밀감을 느꼈다. 하지만 A가 내게 친밀감을 느낀다고 생각하면 거부감이 들었다. A에게 돈을 받았다는 사실이 약간 자존심 상해서 누구에게도 말하지 않았다. 다음 날 아이스크림을 사 먹지도 않았다. PC방에서 컵라면을 먹으며 게임을 했다.

18

아침에 눈을 떴을 때 웬 처음 보는 여자애들이 방구석에서 서로를 끌어안고 자고 있었다. 라면을 끓이자 그 냄새에 지민이라는 애가 먼저 눈을 떴고 정희야, 일어나, 하고 친구를 흔들어 깨웠다. 지민은 낯을 가리지도 않고 나에게 웃으면서 라면을 나눠달라고 말했다. 그날부터 정희와 지민이 '우리집'에 머물게 되었다. 그애들은 나보다 한 살이 어렸다. '우리집'에는 여자애들이 거의 오지 않았기 때문에 남자애들은 무심한 척하면서도 지민과 정희를 신경 쓰고 있었다. 신경을 쓴다는 게 그애들을 더 배려한다는 의미는 아니었다. 지민의 손등에는 그림을 잘 모르는 내가 보기에도 아마추어의 솜씨처럼 서툴고 조악한 문신이 있었다. 머리 염색을 어떻게 한 건지 정수리는 붉은색, 머리끝은 노란색이었고 군데군데 지저분하게 보라색 물이 들어 있었다. 말없이 가만히 앉아만 있어도 소란스럽고 어수선한 분위기를 풍기는 아이였다. 지민은 처음 보는 사람에게도 살갑게 말을 붙이며 먼저 다가왔다. 내가 별로 재미없는 말을 해도 큰 소리로 웃어주었고 나도 모르던 나의 장점을 찾아내어 칭찬했다.

"오빠 손톱 바디가 진짜 잘빠졌다. 손 모델 해도 될 것 같아."

"진짜? 내 손톱이?"

"응. 내가 손톱 다듬어줄까?"

나는 손톱 밑에 낀 때를 부끄러워하며 지민에게 손을 맡겼다. 지민은 내 손톱에 보라색 매니큐어를 칠하고 그림도 그리면서 놀다가 마음에 안 드는지 아세톤으로 다 지워버렸다.

"근데 오빠는 눈썹이 진짜 잘생겼다. 정희야, 그치? 인수 오빠 눈썹 숱도 많고 진짜 잘생겼어. 오빠, 쌍테 붙여줄까?"

"그게 뭔데?"

"쌍꺼풀 만드는 테이프. 내 눈 봐봐. 예쁘지? 이 쌍꺼풀

내가 만든 거야. 쌍테 계속 붙이고 다녔더니 생겼어. 붙여
줄까?"

"어, 어."

나는 지민이 시키는 대로 얌전히 앉아 쌍테를 붙였다.
두배는 잘생겨졌다면서 지민이 거울을 보여줬지만 거울
속에는 우스꽝스럽게 생긴 남자아이가 어색하게 웃으며
나를 쳐다보고 있었다. 쌍테 때문에 눈이 제대로 안 감겨
아침에 일어나보니 눈이 충혈되어 있었다. 지민의 허락을
받고 쌍테를 뗄 수 있었다.

인터넷 카페에서 지민을 만나 함께 가출을 모의했다는
정희는 고수머리에 화장기 없는 얼굴을 하고 늘 구석자리
에 앉아 있었다. 말수가 극도로 적은 아이였는데 지민이
하는 말에 성의 없이 대답하는 게 전부였다.

작은 일에도 호들갑스럽게 반응하고 귀가 따가울 정도
로 수다스러운 지민에 반해 정희는 모든 일에 무관심하고
냉정한 성격이라 대하기가 어려웠다. 하지만 그애들을 겪
을수록 새로운 면을 알게 되었다. 남자애들이 우글우글한
집에서 대자로 뻗어서 자는 지민은 생각보다 신경줄이 굵
었다. 정희는 늘 벽에 기댄 채 허리를 곧추세우고 쪽잠을
잤다. 경계를 풀지 않고 언제나 주변을 곁눈질로 살피는

정희는 조심성이 많고 섬세한 아이였다.

나는 남자애들, 특히 영철이 지민에게 집적대는 것이 싫었다. 영철은 재워달라고 카페에 글을 올린 지민에게 자신이 '우리집'을 알려줬다는 이유로 지민을 자기 소유물처럼 대했다. 부끄러움도 없이 지민을 자기 마누라라고 부르기도 했는데 나는 경악했지만 지민은 내가 왜 오빠 마누라야, 웃겨 진짜, 그러면서 자지러지게 웃을 뿐 단호하게 거부하지는 않았다. 그렇다고 해서 결코 그렇게 불리는 걸 좋아하는 것 같지는 않았다. 영철이 지민의 어깨를 감싸고 지분거리면 화장실을 다녀오겠다고 하며 자리를 피하기 일쑤였다. 그때 지민은 미간을 찌푸리고 있었다. 나는 계속 지민을 지켜보고 있었기 때문에 그 작은 표정 변화를 알아챌 수 있었다. 영철에게 지민을 괴롭히지 말라고 소리치고 싶었지만 영철의 딴딴한 몸통과 돌덩이 같은 주먹을 보면 입이 떨어지지 않았다. 경우가 나서서 말려도 영철은 김지민도 가만히 있는데 네가 무슨 상관이냐고 불쾌해했다. 나는 갈수록 지민을 함부로 만지고 노골적으로 훑어보는 영철을 말릴 자신이 없어 지민을 설득해서 내보내려 했다.

"너희 때문에 다들 불편해해. 자리도 좁아지고, 너희들만 여자니까. 좀 나가."

지민은 아무것도 겁나지 않는다는 듯 내 충고를 흘려 듣더니 태연하게 맞받아쳤다.

"우리 때문에 불편한 게 아니라 다들 마음 불편할 만한 짓만 골라서 하니까 그런 거겠지."

며칠 후 나는 잠결에 성연과 영철, 지민의 대화를 들었다.

"솔직히 너 해봤잖아. 네가 혼자 하는 것보다 이게 더 편할걸."

"나 안 해봤거든? 하자고 하는 새끼들은 많았지만."

"아, 그래 그래, 뭐. 안 했다는 거 믿어줄게."

영철이 지민을 비웃었다.

"이거 위험한 일 아니야. 너는 유인만 해주면 돼. 우리 가 무조건 너 구한다니까. 너한테 피해 가는 거 하나도 없 어."

"내가 3 가지는 거 맞지?"

"그래. 우리가 7, 너 3. 일은 다 우리가 하고 너는 구경만 하면 된다니까. 어려운 일 아니잖아."

지민은 잠시 고민하는 듯 하더니 그 제안을 수락했다. 벌떡 일어나 말리고 싶은 마음은 굴뚝같아도 말려봤자 소용없을 거라는 걸 알고 있었다. 그래서 나는 잠자코 들기만 했다.

"여기 사는 것도 그냥 공짜로 사는 건데 너도 가만히 있으면 좀 눈치 보일 거 아니야. 네가 도와주면 우리 다 좋지, 너도 좋고."

지민은 자신의 쓸모를 보여야 이곳에 며칠이라도 더 머물 수 있다는 사실을 아는 것 같았다. 성연과 영철이 지민에게 일을 강요하는 것이 화가 났고 파렴치하게 느껴졌다. 성연이 소년원에 다녀온 후, 우리는 단 둘이 있을 때도 우리가 잠시나마 희망을 가지고 일했던 그 시간들과 사장이라는 존재를 언급하지 않았다. 내가 허탈감을 느꼈듯이 성연도 마찬가지로 후회나 회한을 느끼고 있으리라는 걸 알 수 있었다. 내가 아무것도 하지 않는 것으로 상심을 달래는 것과 달리 성연은 무언가를 되갚아주겠다는 듯 바쁘게 돌아다녔다. 대신 누군가에게 인정받으려는 노력은 더이상 하지 않았다. 터무니없이 순진했던 날들을 반성하듯이 더는 해도 되는 일과 해서는 안 되는 일을 구분하지 않았다.

지민이 거슬리고, 신경 쓰이고, 지민 때문에 불안해서 나는 이게 사랑인가, 고민하며 혼자 가슴앓이를 했다. 며칠 동안 씻지도, 옷을 갈아입지도 않고 널브러져 있는 것이 창피했다. 지민이 딸기를 먹고 싶다고 중얼거리는 걸 들었는데도 당장은 돈이 없어서 잠에 빠진 척 연기하는 내가 한심하고 무능력하게 느껴져서 괴로웠다.

"영철이 없을 때 나가."

"왜 자꾸 날 보내려고 그러는데?"

나는 결국 하고 싶지 않았던 말까지 했다.

"여기 있으면 너 진짜 조건 해야 돼. 그러고 싶어? 무슨 일 당할 줄 알고."

지민은 산뜻하게 대답했다.

"오빠. 해도 내가 해. 그게 뭐라고 그래."

다정한 말투였지만 이상하게 나를 비웃는 것 같았다.

"다른 데 가도 어차피 똑같아, 오빠. 영철이 오빠랑 성연이 오빠 덩치 좋으니까 각목질은 잘해주겠지."

내가 자는 척을 하는 사이, 지민과 함께 성연과 영철, 세준과 몇몇 남자애들이 다 같이 집 밖으로 나갔다. 밤이 지난 후 동이 틀 때쯤 아이들이 먹을 것들을 한가득 사서 돌아왔다. 나는 치킨과 족발을 먹어치웠다. 구석에 지민이 벽에 등을 기대고 앉아서 딸기를 먹고 있었다. 딸기를 본 게 너무 오랜만이라서 그 과일의 향이 낯설고 신비롭게까지 느껴졌다. 나는 지민에게로 옮겨 앉았다. 나는 지민이 밤새 나쁜 일을 당한 게 아닌지 궁금해서 물어보고 싶었다. 하지만 모든 말들을 삼키고 천연덕스럽게 웃으며 딸기 맛있겠다, 하나만 줘, 하고 말했다. 손을 뻗으니 지민이 나를 보지도 않고 내 손등을 세게 때렸다. 나는 깜짝 놀라서 손을 감싸 쥐었다.

"먹지 마. 내 거야."

그러더니 정희에게는 딸기를 먹어보라고 권했다. 정희는 무시했다. 나는 장난스럽게 웃으며 말했다.

"하나만 주라."

"싫다니까. 저거나 처먹어."

지민이 식은 피자를 가리키며 말했다. 나는 아무 말도 못하고 지민에게서 물러났다. 그 겨울은 거의 그런 식으로 아이들이 벌어온 돈으로 같이 먹고 마셨다.

12월 31일, 새해가 오기 전날에 나도 아이들을 따라나섰다. 아이들은 평소에도 나를 짐스럽게 생각했고, 딱히 그것을 감추려는 노력도 안 했다. 나를 떨어뜨려놓고 작업에 나서는 게 일반적이었지만 그애들이 벌어온 돈으로 산 생필품과 음식들을 받기만 하는 게 조금은 미안했기에 자진해서 나가겠다고 말했다. 우리는 PC방으로 이동해

버디버디에 채팅방을 만들었다. 버디버디는 주민등록번호 한개로도 세개의 아이디를 생성할 수 있었다. 꼭 주민번호가 아니더라도 즉석에서 지어낸 열세자리 숫자로 아이디를 만들 수 있었기 때문에 한번 사용하고 버릴 때가 많았다. 버디버디 사랑채널에 일고여덟개의 방을 개설해 우리는 남자들을 불러 모았다.

서울 17 여자
165cm/47kg/85B (청순한 스타일)
긴 밤 12 짧은 밤 6 매너 있는 오빠 기다려요♥

"미친, 쟤가 무슨 165야. 사기도 작작 쳐야지."

"신발 신으면 165 정도 안 되나? 지민아, 너 키 몇이야?"

"180이다, 왜."

"너 B컵은 되지?"

"벗어볼까?"

타깃을 물색하며 아이들은 시시껄렁한 농담을 주고받았다. 영철과 지민, 성연과 세준 모두 긴장 따위 하지 않는 것 같았다. 떨고 있는 건 나뿐이었다.

노골적인 멘트에 혹해서 들어오는 남자는 많았지만 돈을 주고 만남을 가지려는 이들보다 폰섹스나 화상채팅을 유도하는 남자들이 압도적으로 많았다. 우리는 그런 놈들을 상대하다가 깽판을 치고 방을 폭파시켜버리곤 했다. 지민은 차분하게 껌을 씹으며 채팅방 배경음악으로 남자들의 심금을 울리는 록발라드를 선곡했고 대화 중간중간 자연스럽게 미끼를 던졌다.

아 사실은요. 새엄마가 무서워서 집에 못 들어가고 있거든요. 전 이렇게 오빠들이랑 대화하는 게 좋아요. 되게 친절하신 것 같아요. 오빠 채팅하시는 것만 봐도 멋있으신데 실제로 보면 더 멋있으실 것 같아요. 저도 이 노래 좋아하는데 되게 신기하다. 저요? 열여섯이요. 네. 아직 중학교 졸업은 안 했어요. 저는 또래 애들보다 나이 조금 있는 분들이 좋아요. 아빠 같은 남자 푸근해서 좋은데요? 용돈이요? 용돈 얼마 주실 건데요?

한시간 만에 여섯명에게서 1대1 채팅 제안이 들어왔다. 지민은 묘하게 동정심과 호기심을 자극하는 화법으로 남자들을 가지고 놀았다. 시민은 능청스레 사신이 아식 중학교도 졸업하지 않았다고 남자들을 속였다. "개새끼들은 대학생보다는 고등학생, 고등학생보다는 중학생을 좋아하거든. 가끔 용돈도 주고?" 우리는 지민을 치켜세웠다. 채팅을 걸어온 놈들 중에서 그나마 덜 까다로우며, 욕망을 노골적으로 드러내는 남자를 선택했다. 세준이 바통을 이어받아 우리가 원하는 곳으로 남자가 찾아오도록 노련하게 유도했다.

무인 모텔로 이동해 지민이 방으로 들어가고, 우리는 비상구에 숨어 지민의 문자가 오기를 기다렸다. 지민은 손에 휴대폰을 들고 있다가 샤워를 하겠다고 혼자 화장실에 들어갈 것이다. 남자가 의심하지 않도록 보란 듯이 휴대폰을 테이블 위에 올려두고서. 화장실로 들어가 팬티 안에 숨겨놓은 휴대폰으로 우리에게 연락을 하는 것이다. '지금'. 우리는 지체 없이 복사해둔 카드키로 모텔방 문을 연다. 나는 머릿속으로 이 순서를 외웠다. 우리는 각자 하나씩 연장을 들었다. 성연은 야구 방망이, 영철은 근처 공사장에서 주워온 각목, 세준은 케이블 타이와 밧줄을 손에 들었다. 나는 대형 니퍼를 들었다. 내가 맡은 역할은 모텔방 문을 열 때 이중으로 걸려 있는 시건장치를 끊는 것이었다.

지민이 들어간 지 5분이 지나도 문자가 오지 않았다. 원래 5분 내로 연락이 오는 게 일반적이라고 했다. 무슨 일 생긴 거 아니야? 내가 불안해하자 영철은 조금 더 기다려보자고 말했다. 10분이 다 되어갈 때 성연이 강제로 문을 열자고 했다. 우리는 작전을 수행하는 군인들처럼 일사불란하게 움직였다. 문 앞으로 갔을 때, 지민의 비명이 들렸다. 손이 벌벌 떨려 영철과 성연을 살폈다. 그애들은 낭패라는 표정을 지으면서도 별로 흥분하지 않았다. 세준이 카드로 문을 열자 문이 10센티 남짓 열리다가 체인 잠금장치 때문에 덜컥 소리를 내며 막혔다. 지민의 소리가 더 커졌다. 나는 니퍼로 체인을 끊기 위해 팔에 힘을 줬지만 체인이 생각보다 굵어 끊어지지 않았다. 그때 50대 중반 정도로 보이는 남자가 벌거벗은 채 현관문 쪽으로 달려 나왔다.

"뭐야, 뭐야, 이 새끼들."

늙은 남자는 우리를 보자마자 뒷걸음질 쳤다. 휴대폰을 찾으려 자기 옷을 뒤지기 시작했다. 내가 헛손질을 하며 허둥대자 성연은 나를 밀치고 니퍼를 빼앗았다. 성연은 단 한번 만에 체인을 끊었다. 방으로 들어가면서 영철은 휴대폰으로 늙은 남자의 볼품없는 몸을 찍었다. 붉은색 조명 아래에서 지민은 속옷 차림으로 웅크리고 있었다. 머리채를 잡혔는지 산발이 된 모습이었다. 반항하다가 생긴 얼굴과 팔목의 생채기가 눈에 들어왔다. 일이 계획대로 되지 않은 것 같았다. 만약 우리가 조금 더 늦게 들어왔으면 어떻게 됐을까. 내 옷을 벗어 지민의 어깨에 조심스레 걸쳐줬다. 지민은 옷을 입자마자 고래고래 욕을 지껄이며 성연과 영철의 손아귀에 잡힌 남자의 얼굴에 거침없이 니킥을 날렸다. 영철과 성연은 지민의 분이 풀릴 때까지 늙은 남자의 사지를 붙들고 있었다. 지민은 늙은 남자를 몇 대 더 때리고 남자의 외투에서 담배를 꺼내 피웠다. 세준은 남자의 손과 발을 케이블 타이로 묶었다.

"아저씨. 쟤가 몇살인지 알아요? 쟤 열일곱살이에요. 씨발, 양심도 없어?"

"너희들 내가 싹 다 신고할 거야. 나는 벌금 정도만 물겠지, 너희는 특수강도야, 이것들아. 내가 얼굴 다 기억해 뒀어. 가만 안 있을 거야. 너희도 죽고 나도 죽고, 다 죽어보자, 그래."

"예예. 죽기 전에 돈 좀 기부하고 죽어주세요."

남자의 외투에서 휴대폰과 지갑을 꺼낸 지민이 현금을 확인하더니 실소를 흘렸다.

"이 아저씨 뭐야. 5만원밖에 없네. 용돈 많이 준다면서요, 나쁜 새끼야. 털릴까봐 돈을 조금만 뽑아오셨어."

남자는 악에 받혀 고래고래 소리를 질렀다. 거세게 반항할 때마다 영철은 배에 주먹을 꽂아 넣었다. 늙은 남자는 쿨럭거리면서도 순순히 카드 비밀번호를 말하지 않았다.

성연과 영철은 일단 지갑에서 체크카드와 신용카드를 꺼냈다. 그때 신분증 뒤에 꽂혀 있던 가족사진이 바닥에 툭 떨어졌다. 우리는 그것을 보고 한바탕 웃었다. 남자가 절망적인 표정으로 입술을 물어뜯었다. 그 표정을 보자 나는 긴장이 확 풀렸다. 조금 의기양양한 기분이 들기도 했다. 생각보다 나쁜 짓을 하고 있다는 죄책감이 별로 들지 않았다. 남자는 상종도 못할 쓰레기에 파렴치한이고, 우리는 일종의 정의구현을 하고 있는 게 아닌가, 그런 생각마저 들었다.

"아저씨 아들 몇살이에요? 우리랑 비슷할 것 같은데. 근데 얘 아저씨 별로 안 닮았네요."

세준이 비아냥거리자 늙은 남자는 전의를 상실한 듯 잠잠해졌다. 손바닥 뒤집듯 태도가 바뀐 그는 돈을 줄 테니 가족들은 절대로 모르게 해달라고 납작 엎드려 빌었다.

"비밀번호 불어요."

세준은 모자를 깊게 눌러쓰고 편의점에 있는 ATM에서 돈을 뽑아왔다. 남자의 휴대폰은 발로 밟아 부쉈다.

"아저씨 거지야? 왜 통장에 돈이 이것밖에 없어요."

"연말이라 좀…"

"알았어요. 뭐, 어쩔 수 없죠. 없는 걸 만들어내라고 할
수도 없고. 대신 신고하면 알죠? 아저씨 사진이랑 가족들
사진 인터넷에 다 뿌릴 거야. 아저씨가 교복 입은 미성년
자만 찾아다닌다는 것도 주위 사람들이 다 알게 할 거고.
비밀 꼭 지켜줄 거죠?"

지민이 넓은 아량으로 봐주겠다는 듯 남자에게 말했다.
남자는 넋이 나간 표정으로 고개를 끄덕였다. 영철이 남
자의 외투를 빼앗아 입었다. 남자는 팬티만 간신히 입은
채 침대에 무릎 꿇고 앉아 있었다. 우리는 연장을 챙겨서
모텔을 빠져나왔다.

집으로 돌아가는 길, 성연이 나를 힐끗거렸다.

"별로 안 어렵지?"

"어? 뭐, 생각보다는. 근데 아까 체인 안 끊어질 때는 좀
긴장되더라."

"이 정도면 엄청 순조롭게 끝난 편이야. 진짜 오늘은 별
일 없어서 다행이었어."

나도 모르게 지민의 눈치를 봤지만 지민 또한 이런 일
쯤 별거 아니라는 듯 홀가분한 표정이었다.

"편의점 들렀다 가자! 물이랑 라면 좀 사게. 오빠 오늘 1월 1일이지?"

"열두시 지났으니까, 맞아. 새해네."

"이따가 애들 데리고 고기 먹으러 갈까?"

평소보다 더 밝고 들뜬 얼굴이라 나는 지민이 연기를 하고 있는 게 아닌지 의심스러웠다. 하지만 그런 느낌은 아니었다. 지민이 너무 아무렇지 않은 표정이라 내 기분이 이상할 지경이었다. 지민이 감당해야 하는 일을 적극적으로 말리지 못하는 위치라는 것, 지민이 나쁜 일을 당하고 있을 때 구해줄 힘이 없다는 것, 그런 현실들이 쪽팔렸다. 나는 내가 생각보다 지민을 그렇게까지 좋아한 것은 아니구나, 내가 착각했던 게 분명하니 더이상 의미부여를 하지 말아야겠다는 식으로 마음을 정리해버렸다.

19

새해가 시작된 후 며칠이 지난 밤이었다. 그 밤은 아주 추웠다. 전날 폭설이 내려 길이 얼어붙었고 수도가 얼어 모두 씻지 못하고 있었다. 영하의 날씨가 이어지자 아이들은 바깥에 나가는 대신 집 안에서 빈둥거리길 택했다.

새벽 두시가 넘은 시간, 누군가가 문을 두드렸다. 아이들은 약속이라도 한 듯이 목소리를 낮추고 행동을 일제히 멈췄다. 가을에 한번 이웃들이 소음이 너무 심각하다고 신고해서 경찰들이 들이닥친 적이 있었다. 우리는 초대를 받고 놀러 온 친구들이라고 둘러댔지만 경찰은 믿지 않는 눈치였다. 다행히 주영이 집에 돌아온 날이었기 때문에 그가 우리의 보호자라며 나서서 자신이 집의 소유주임을 증명해주었다. 그날의 주영은 진짜 어른 같았다. 그럼에도 경찰은 의심스러운 눈길을 거두지 않았다. 다만 일을 키우고 싶지는 않으니 이대로 물러서겠다는 투였다.

조심스러운 노크 소리가 몇번 더 이어졌지만 밖에서 사람 목소리는 들리지 않았다. 그때 정적을 깨고 몸을 일으킨 건 경우였다.

"야. 문 열어주지 마."

"가라 그래. 누울 자리도 없는데. 아니면 네가 서서 자든지."

영철과 세준이 경우에게 말했다. 경우는 현관문 외시경에 눈을 대고 한참 동안 방문자를 보았다.

"누군데?"

경우는 대답 없이 현관문을 열었다. 방과 현관문 사이에 커다란 신발장이 있었기 때문에 방 안에서는 현관을 볼 수 없었다.

"어떻게 된 거야? 누구한테 맞았어?"

경우는 조금 당황한 목소리로 문밖에 선 누군가를 향해 물었다. 아이들은 호기심에 슬그머니 고개를 빼거나 몸을 일으켜 현관을 바라보았다. 나는 방 안쪽에 웅크려 앉아 있어서 경우의 뒤통수만 보였다. 순식간에 방 안에 퍼지는 찬 기운에 옷을 여미고 담요를 끌어안았다.

"씨발, 뭐야?"

성연이 약간 신경질적인 표정으로 밖을 내다봤다가 소스라치게 놀란 표정으로 소리쳤다. 아이들은 호기심에 모두 현관 앞으로 몰려갔다. 밖을 내다본 아이들의 얼굴에 순수한 경악, 혹은 불쾌감이 떠올랐다.

나도 몸을 일으켜 경우의 곁으로 갔다. 보자마자 눈이 화등잔만 해졌다.

"야, 뭘 들어와. 병원을 가."

아이들 중 누군가가 말했다. 모두가 같은 말을 내뱉었다. 나도 그래야만 한다고 생각했다. 현관을 막고 선 아이들 때문에 방문자는 들어오지 못하고 여전히 열린 문 앞에 우두커니 서 있었다. 잠시 후 센서등이 꺼지자 방문자는 어둠 속으로 묻혔다.

"일단 들어와."

경우가 말했다.

"야, 야, 뭘 들어와. 딱 봐도 상태 안 좋은데. 병원이나 가."

성연이 말했다.

"안 돼. 나 병원 못 가."

방문자의 첫마디였다.

"병원은 못 가. 좀 지나면 괜찮아질 거야. 나 너무 추워."

나는 그 아이를 알아보았다. 몰골이 몇달 전과 많이 달라져 있었지만 그 얼굴을 잊어버릴 수는 없었다. A였다. A를 보자마자, 나는 무슨 일이 일어난 건지 짐작할 수 있었다. 나만 알고 있었다. A는 다른 아이들에게 자신이 어떻게 돈을 벌어서 생존하는지 말하지 않았으니까. A는 얼음물에 빠진 것처럼 혼자 벌벌 떨고 있었다.

"들어가게 좀 비켜."

"야. 안 돼. 이 새끼 내보내. 느낌 이상해."

성연이 A를 가로막고 A가 집 안에 발을 들여놓지 못하도록 어깨를 밀었다. A는 윽, 하고 신음을 흘렸다. A의 얼굴은 기이할 정도로 퉁퉁 부어 있었다. 엉거주춤하게 선 것을 보니 다리에도 문제가 있는 듯했다. 원래 다리를 절었는데, 그날은 서 있는 것도 힘들어 보였다.

"여기 약도 없고 아무것도 없는데. 그래도 괜찮아?"

경우가 물었다.

"나 괜찮아. 얘들아. 진짜 아무렇지도 않아."

내쫓길까봐 A는 억지로 얼굴을 구기며 히죽 웃었다.

"얘 일단 들어오게 하자. 아침에 내가 병원에 데려가든지 할게. 들어와."

경우가 A를 부축해서 집 안으로 들이자 아이들이 반발했다.

"김경우. 왜 네 마음대로 결정하는데?"

우리 중 누구에게도 '우리집'에 찾아온 아이들을 함부로 쫓아내거나 거부할 권리가 없었지만 성연은 '우리집'에 드나드는 아이들을 점점 자기 뜻대로 단속했다. 이전처럼 아무나 자유롭게 원하는 때에 들어갔다 나갔다 할 수 있는 집이 아니었다. 경우가 그렇게 하지 말라고 충고를 해도 성연은 순순히 받아들이지 않았다.

아무리 그래도 꼴이 저렇게 엉망인 A를 못 들어오게 하는 것은 너무하다는 생각이 들었다. 평소에도 A를 달갑지 않게 여기던 아이들은 성가신 일이 생길까봐 경계하고 있는 듯했다.

"네 꼴이 어떤지 알아? 상태 진짜 안 좋아 보여. 병원은 왜 안 간다는 거야?"

내가 물었다.

"병원 가면 왜 이렇게 됐냐고 물을 텐데 그럼 나 또 경찰서 가야 돼."

"왜?"

"알잖아, 너는."

A가 누런 이를 드러내며 나를 보고 찡긋 웃었다. 성연과 경우가 나보고 대신 설명해보라는 듯 눈짓으로 재촉했다. 어떻게 설명해야 할지 가늠이 안 되어 머뭇거리자 A가 말했다.

"내가 차에 뛰어들었거든."

A가 재밌는 이야기를 하는 것처럼 웃으며 말했다.

"아 근데 미친 운전자 새끼가 그대로 나를 밟고 가더라."

"차에 깔린 거야, 그럼? 제정신이야?"

경우가 A를 다그쳤다.

"일부러 사람 없는 곳에서 그랬는데. 운이 안 좋았어."

"다리 부러진 거 아니야?"

"부러졌나? 안 부러졌나? 안 부러졌을 거야. 나 튼튼해. 여기까지 걸어왔어. 그냥 좀 쉬면 괜찮아져. 다 알아들었지? 그럼 나 잔다."

A는 더이상 기다리지 않고 몸으로 성연과 아이들을 밀고 방 안으로 들어왔다. 성연은 얼떨결에 밀려서 그 아이를 집으로 들이곤 거친 욕을 내뱉었다. A는 방 한구석으로 기어들어갔다. 관자놀이 쪽 찢긴 상처에서 아직도 피가 흐르고 있었다. 씻고 약을 발라야 했지만 수도가 얼었기 때문에 A에게 씻으라고 할 수도 없었다. 나는 내가 덮고 있던 얇은 담요를 그애에게 주었다.

"아, 근데 너 이름이 뭐였지."

그애의 이름을 들은 기억이 없지만 나는 그렇게 물었다. A는 대답해주지 않고 금세 곯아떨어졌다. 쉰내에 희미한 피 냄새까지 겹쳐 지독한 악취가 방 안으로 퍼져나갔다.

"아, 썩은 내 나."

지민이 말했고, 아이들은 한마디씩 불평을 내뱉었다. 정희가 지민을 벽 쪽으로 끌어당겼다. A 때문에 방이 더 좁아져 아이들은 웅크려 자야 했다. 아이들은 새벽 세시가 되기 전 모두 잠들었다. 경우는 A의 곁을 서성거리다가 바로 옆에서 잠들었다. 나는 낮잠을 오래 자서인지 그날따라 잠이 오지 않았다. 휴대폰 게임을 하다가 날파리가 눈앞을 왔다 갔다 하는 것처럼 눈앞에 자꾸 잔상이 남아 게임도 그만뒀다. 푸른빛 속에서 패잔병들처럼 아무렇게나 몸을 누이고 자는 아이들이 보였다. 평소 같으면 누군가는 잠꼬대를 하고, 누군가는 코를 골았을 텐데 그날은 기이할 정도로 집이 조용했다. 심지어 낮밤 없이 짖던 이웃의 개도 조용했다. 그 사실을 자각하자마자 마음이 불안해졌다. 스산한 고요를 피하려 나는 풀썩 드러누워 억지로 눈을 감았다. 출근하는 사람들의 발소리가 머리 위에서 들려올 때쯤 나도 깊은 잠에 빠졌다.

  나는 소란 속에서 눈을 떴고, 상상하지 못했던 심각한 상황과 마주했다.
  씨발.
  눈 뜨라고.
  아, 존나. 돌아버리겠네.
  때리지 마!

이 새끼가 눈을 안 뜨잖아, 씨발.

야. 야! 죽었어? 진짜 죽었어?

숨을 안 쉬어.

감당하기 힘든 일이 나를 기다리고 있으리란 확신이 들자 나는 확인사살을 피하려 시체 사이에서 죽은 체하는 군인처럼 숨을 멈추고 손가락 하나 까딱하지 않았다. 실눈을 뜨고 주위를 둘러보자 성연이 A의 멱살을 잡고 흔들어 깨우는 모습이 눈에 들어왔다. 고민하다가 부스스 몸을 일으켰다. 아이들의 시선이 일시적으로 내게 꽂혔다.

A는 싸늘하게 식어 있었다. 정말 죽었다고? 그냥 잠든 것처럼 보이는데. 나는 시간을 확인했다. 오후 한시였다. 경우는 A의 뺨을 때리는 성연을 옆으로 밀어내고 A의 겉옷을 조심스레 벗겼다. 심폐소생술이라도 해보려는 시도였다. A는 낡은 옷들을 잔뜩 껴입고 있었다. 바깥 생활을 오래 한 흔적이 보였다. 내복까지 벗기자 우리들은 소스라치게 놀라 뒤로 물러섰다. A의 몸에 까맣고 파랗고 누런 멍들이 가득했다. 드러난 얼굴이 가장 양호한 상태였던 것이다. 팔다리에 비해 배가 비정상적으로 부풀어 올라 있었는데 차가 A의 몸통을 완전히 깔아뭉개고 지나간 게 아닐까 싶을 정도로 끔찍했다. 창백한 몸 위로 곰팡이

처럼 핀 상처를 보자 가슴이 서늘해졌다.

경우도 어떻게 해야 하는지 잘 모르는 눈치였지만 어딘가에서 본 대로 두 손바닥을 겹쳐서 반복적으로 A의 가슴을 압박했다. 10분이 지났을 때 나는 경우에게 그만하라고 말했다. 경우는 내 만류에도 인공호흡까지 해가며 심폐소생술을 포기하지 않았다. 한참을 계속하던 경우는 결국 땀을 뻘뻘 흘리며 망연하게 A의 곁에 주저앉았다.

경우가 고개를 떨구었다. 그때까지 멍하게 사태를 파악하던 나는 경우가 고개를 숙이자 드디어 현실감이 들었다. 다른 사람도 아니고 경우가 보기에도 답이 없는 상황이라면 빠져나갈 구멍이 없다는 것이었다. 아이들은 저마다 신음을 흘리거나 욕을 지껄이거나 자신은 모르는 일이라며 외면했다. 나는 A를 쳐다보는 것만으로도 식은땀이 죽죽 흘러서 졸도할 것만 같았다. 속이 울렁거리고 눈앞이 하애졌다.

"그러니까 씨발. 내가 내보내라고 했지. 아예 들이지 말라고 내가 했어, 안 했어."

갑자기 성연이 발작적으로 발을 쿵쿵 구르며 경우에게 소리쳤다.

"느낌이 이상했다고. 딱 봐도 죽을 것 같은 애를 왜 집에 들여? 네가 책임져."

정말 그랬나? 오늘 새벽, A는 정말 죽을 것 같은 모습이었나. 얼굴에 상처가 가득해서 놀란 것은 사실이지만 죽을 것이라고는, 죽을 만한 사고를 당했다고는 추호도 생각하지 못했다. 마음대로 방 안으로 밀고 들어와 눕자마자 곤하게 자는 A를 봤을 때는 태평해서 좋겠다는 생각을 하며 나지막하게 웃기까지 했다. 경우는 머리 위로 쏟아지는 욕설을 고스란히 맞고 있을 뿐 아무런 반박을 못했다. 한참 갈피를 잡지 못하는 표정으로 아랫입술을 잘근잘근 깨물더니 말했다.

"지금 신고할게."

경우의 말에 우리는 화들짝 놀랐다.

"미쳤냐? 뭐라고 할 건데?"

세준이 물었다.

"뭐라고 하긴. 사실대로 말해야지."

"사실대로 어떻게?"

"쟤가 새벽에 찾아왔는데, 자다가 죽었다고 해야지. 그게 사실이잖아."

"야, 그래도."

"사실대로 말하는 것 말고 우리가 뭘 할 수 있는데."

경우의 말에 아이들은 동시에 탄식했다. 그때, 나도 모르게 경우의 손을 덥석 잡았다. 무슨 말을 하는지도 모르는 채 되는대로 내뱉었다.

"믿어줄까? 안 믿어줄 것 같아. 우리가 죽였다고 생각할 것 같은데."

내가 내뱉은 말에 아이들은 순식간에 얼어붙었다. 내가 막연한 불안감을 실재적인 공포로 바꿔놓은 것이었다. 경우는 주춤했고 성연은 헛웃음을 짓더니 급작스럽게 나를 향해 욕을 지껄였다.

"우리가? 미쳤냐? 우리가 왜? 그게 말이 되냐고, 씨발."

"우리는 안 미쳤는데, 사람들이 우리 보고 미쳤다고 하잖아."

오늘의 일이 부모님의 귀에 들어가면 그들은 어떤 반응을 보일까. 내가 사망 사건에 연루되었다는 말을 믿을까? 아니면 그럴 리 없다고 나를 적극적으로 변호해줄까? 언젠가는 그럴 줄 알았다고, 눈이 돌아 아버지에게마저 달려들던 아이라고, 자식을 제대로 못 키워 면목이 없다고 고개를 숙일지도 모르는 일이다. 나를 눈앞에서 치워버리고 싶다는 마음이 눈에 훤히 보이는데도 기숙학교에 들어가는 건 나를 위한 일이라고 기만하지 않았던가.

"차 사고 당했다고 했잖아. 조사를 하겠지. 경찰들이 다 조사하겠지."

경우가 침착하게 말했고, 나는 그 침착함이 도무지 이해되지 않았다.

"잠깐만. 잠깐만."

경우가 다시 신고하려고 하자 나는 경우의 손을 잡고 매달렸다. 나는 절박했다. 무작정 경우의 행동을 말려야 한다는 생각만 가득했다. 무서웠고, 너무 무서워서 이성적인 판단이 되지 않았다. 나는 결정적이고 중요한 말을 하듯 성연에게 뇌까렸다.

"이성연. 자신 있어? 너 보호관찰 기간이잖아. 사고 치면 너 최소 2년 소년원에서 썩어야 하는 거 아니야? 이번에는 소년원이 아니라 교도소일지도 모르잖아. 아니야?"

생각지도 못했다는 듯 성연의 표정이 충격으로 물들었다.

"우리도 A 보자마자 누구한테 맞은 줄 알았잖아. 차에 치인 게 사실이라고 해도 사람들이 우리 말 믿어줄 것 같아?"

"아, 씨발, 닥쳐봐."

"사장 형처럼 없는 죄도 만들어서 덮어씌울걸."

나는 느닷없이 말문이 트인 것처럼 더듬지 않고 영철과 세준에게도 쏘아붙였다.

"너희들도 이번에 소년원 가면 장기로 가야 되는 거 아니야?"

영철과 세준은 중학생 때부터 절도죄와 상해죄로 소년원을 드나들었기 때문에 내 말에 얼굴이 심각해졌다.

"존나 억울해. 억울하다고!"

영철은 바닥에 있던 옷가지와 과자 박스 같은 걸 발로 차며 난동을 부렸다. 세준은 내 말이 그럴듯하다는 듯 끄덕였다.

"씨발. 진짜 그럴 수도 있잖아. 재작년에 판새가 나만 8호 때렸단 말이야. 학폭 신고 먹고 퇴학까지 당했다고. 씨발. 그때 내가 더 많이 맞았는데도 내 말 듣지도 않던데? 얘 봐. 우리가 얘 상습적으로 두들겨 팼다고 할 것 같지 않냐? 경찰한테 말하면 우리 다 어떻게 될 것 같은데?"

세준이 A를 손끝으로 가리키며 말했고 우리는 모두 A의 얼굴을 가까이에서 들여다봤다. 영철은 불안한 듯 두피가 벗겨지겠다 싶을 정도로 거칠게 머리를 긁었다. 나역시 무언가에 홀린 것처럼 똑같은 말을 반복할 수밖에 없었다.

"아무도 우리 안 믿어줄걸. 우리가 이렇게 만든 거라고 생각할걸."

"우리가 왜? 도대체 왜."

성연이 아까보다는 차분해진 목소리로 물었다.

"그건 어른들이 알 바 아니지. 그냥 싸웠다고 생각하겠지."

구석에 웅크리고 앉아 있던 정희가 속삭이며 말했다. 모두가 A의 죽음을 곤란해했다. A는 헐벗은 채 굳어가고 있었다.

"나 진짜 경찰서 가면 안 돼. 조사만 받는 것도 절대 안 돼. 나 맞아 죽어. 이번에는 진짜 칼 맞을지도 몰라. 내가 죽으면 너희들이 책임질 것도 아니잖아. 부탁할게. 제발 오늘 나는 여기 없던 걸로 해주면 안 돼? 진짜 한번만 부탁할게."

정희가 갑자기 무릎으로 기어와 우리를 향해 두 손을 기도하듯 모으더니 중얼거리며 사정했다. 평소에는 목소리도 듣기 어려운 정희가 뭔가에 홀린 듯 끊임없이 주절거렸다.

"씨발. 왜? 그렇게 따지면 우리는? 우리도 똑같아. 경찰 오면 우리 다 끝이야."

"어차피 너희는 몇번 가봤잖아."

"뭐? 와 이거 미친년이네."

"응. 내가 미친년 할게. 한번만 봐줘."

영철과 정희는 팽팽하게 맞섰다. 경우는 더이상 들을 것도 없다는 듯 내 손을 뿌리치고 112를 눌렀다. 그때, 성연이 경우의 휴대폰을 낚아채 벽에 던져버렸다. 경우의 폴더폰이 두동강이 나 바닥에 떨어졌다.

"무슨 짓이야!"

경우가 말을 끝내기도 전에 성연이 경우에게 달려들어 넘어뜨린 후 마구잡이로 주먹을 휘둘렀다. 경우가 성연을 떼어내려 버둥거려도 성연은 악착같이 경우의 양팔을 무릎으로 내리누른 채 얼굴을 공격했다. 경우는 두 다리로 뻗대며 몸부림쳤고 아이들은 성연을 말리지 않았다. 나 역시 마찬가지였다. 방은 삽시간에 아수라장이 되었다. 변명이라면 변명이겠지만 성연의 모습이 등골이 쭈뼛 설 정도로 흉흉해 팔다리에 힘이 들어가지 않았다. 몇분 후 경우는 입안에 고인 피를 뱉어내고 몸을 웅크린 채 숨을 골랐다. 여전히 성연이 경우를 깔고 앉아 있었지만 경우는 벗어나려 발버둥치지도 못했다. 몇분의 시간이 더 지난 후에 경우의 의지가 완전히 꺾였다고 느꼈는지 성연은 내려왔다.

A가 찾아온 밤, 나는 가장 늦게 잠들었다. 분명 고통스러웠을 텐데 왜 그애는 소리 없이 앓다가 그렇게 죽어갔을까. 문득 너무나 의아했다. 나는 왜 그애의 신음을 듣지 못했을까. 우리는 어떻게 깊은 잠을 잘 수 있었을까. 우리 역시도 그 정도는 맞아봤고 그 정도는 굶어봤으니까, 그 정도는 떨어봤으니까, 차에 치였다는 말에도 무감했던 것일까. 불가사의할 정도로 고요했던 밤을 나는 계속 떠올리게 되었다.

20

우리는 그 어떤 결정도 내리지 못하고 그냥 주저앉아 시간을 흘려보냈다. 누가 화장실이라도 가려고 몸을 일으키면 모두가 동시에 의심스러운 눈초리로 쳐다보았다. 다시 밤이 깊어지자 성연은 벌떡 몸을 일으켰다. 그리고 세준과 영철에게 아무도 바깥에 나가지 못하도록 감시하라고 이른 뒤, 30분 정도 집을 비웠다.

성연은 밖에서 커다란 캐리어를 구해왔다. 바퀴 네개

중 하나가 없었고 겉에 흠집이 가득했다. 어디서 주워온 것 같았다. 정희가 A의 얼굴을 수건으로 가렸다. 그나마 집에 있는 것 중에서 가장 깨끗한 것이었다. 수건에 '제일 한증막'이라고 적혀 있었다. 성연이 A 곁에 앉았다. 어떤 것부터 해야 하는지 감이 잡히지 않는 듯 A의 겉옷을 만졌다가 수건을 다시 덮어주었다가 하며 망설이고 있었다. 시큼하고 고약한 냄새가 A에게서 풍겨왔다. 영철이 옷 부피를 조금이라도 줄이기 위해 바지를 벗겼다. A는 주머니가 여러개 달린 카고 바지를 입고 있었는데 무엇을 넣어놓았는지 몰라도 묵직해 보였다. 성연이 영철에게서 바지를 낚아채 주머니를 뒤졌다. 뭉쳐놓은 전단지, 3천원 남짓의 지폐와 동전, 진물과 피를 닦아낸 더러운 휴지가 나왔다. 바지를 살짝 털자 오물이 바닥에 흘렀다. 성연은 욕을 지껄였고 체념한 표정으로 뒤편에 물러나 있던 경우가 다가와 그것을 묵묵히 닦아냈다.

팬티 하나만 입은 채로 누운 A의 몸은 죽은 나뭇가지처럼 앙상했다. 지민은 A를 흘긋 봤다가 괴로운 듯 시선을 돌렸다. 지민은 하루 종일 담배를 피우고 있었다.

"옮기자."

성연의 말에 따라 영철과 세준이 A에게 달라붙었다. 나머지는 손 놓고 그것을 바라보고 있었다. 영철과 세준은 캐리어에 A를 눕히려다가 당황해서 캐리어에서 떨어졌다.

"너무 딱딱해."

몸을 동그랗게 말아 옆으로 눕혀야 되는데 A의 몸이 마네킹처럼 뻣뻣해서 캐리어에 들어가지 않았다.

"밀어 넣어."

성연이 명령했다. 아이들은 선뜻 지시를 따르지 못하고 어물쩍댔다. 성연이 A의 목을 구부리고, 무릎을 힘으로 꺾어서 억지로 캐리어 안으로 밀어 넣었다. 영철이 그것을 도왔다. 나는 무언가가 으스러지는 소리를 들은 것 같았다.

"됐네. 들어가네."

성연이 후련한 목소리로 말했다. 그 순간 성연이 딴 사람처럼 느껴졌다. 처음 성연을 만났을 때부터 성연이 겁이 없고 강한 아이라고 생각하긴 했어도 이렇게까지 섬뜩한 느낌을 받은 적은 없었다. 성연이 공연히 충동적인 행동을 일삼을 때는 난감한 적이 많았지만 기본적으로 호탕하고 쾌활하며 뒤끝이 없는 아이였다. 또래 아이들이 성연을 불편해하면서도 쉽게 그애에게 매료되는 이유였다. 그런데 이런 눈빛이라니, 이런 말투라니. 성연이 언제부터 변하기 시작했는지 기억이 나지 않았다. 소름 돋는 한기가 척추를 타고 배 속에 내리꽂히는 느낌에 나는 몸을 옹송그렸다.

좁은 캐리어에 웅크리고 있는 A를 물끄러미 보던 나는 그 순간 이상한 기분을 느꼈다. 마치 저기 엉망이 된 모습으로 캐리어에 담긴 것이 나고, 내 몸은 다른 낯선 이의 차지가 된 것 같은 느낌이었다. 이 공간에는 분명 성연, 경우, 영철, 세준, 지민, 정희, 나 이렇게 일곱명이 있고 A까지 합하면 여덟명인데 분명 그 여덟 말고도 다른 존재들이 발 디딜 틈 없이 우글거리며 A를 지켜보고 있다는 근거 없는 확신이 들었다. 압사당할 것만 같은 불가능한 밀도로 내가 모르는 존재들이 '우리집'에 가득 차 있었다. 내가 다른 존재를 감지하게 된 것은 분명 이 순간부터였다.

아이들은 두려움과 알 수 없는 흥분으로 가빠진 호흡을 가다듬었다. 성연은 마침내 결심한 듯 캐리어를 닫고 단단히 지퍼를 채웠다. 손잡이를 잡고 일어섰을 때 경우가 성연을 막아섰다.

"잠깐만."

"왜 또? 씨발, 그만 좀 해라."

성연이 이글거리는 눈빛으로 금방이라도 경우를 때려

눕히려는 듯 날을 세웠다.

"보내기 전에… 빌어주자."

성연이 대꾸 없이 경우를 노려보자 경우는 시선을 피하지 않고 마주 봤다. 나는 성연에게 맞아서 터진 경우의 입가와 이마의 상처를 가만히 바라보았다. 아침만 해도 푸르스름했던 멍이 자줏빛으로 변해 광대와 턱 쪽으로 번지고 있었다.

"뭘."

"잘 가라고. 그 정도는 할 수 있잖아."

정희와 나란히 앉아 있던 지민이 몸을 일으켜 성연의 손에서 캐리어를 빼앗듯 가져왔다. 캐리어를 눕힌 후 지퍼를 열었다. 주머니에서 담배를 꺼내 불을 붙이고 한모금을 머금은 후 A의 검지와 중지 사이에 담배를 끼웠다. 지민의 손이 작게 떨리고 있었다. 비스듬하게 선 담배에서 혼 같은 연기가 피어올랐다.

"이렇게 하는 거 맞나?"

누군가의 대답을 기대한 것은 아니라는 듯 지민은 곧장 무릎을 꿇고 손을 모은 뒤 퉁명스러우면서도 나직이 뇌까렸다.

"잘 가."

경우가 뒤이어 옆에 꿇어앉았다. 손을 모으고, 들리지 않게 무언가 중얼거렸다. 영철도, 세준과 정희도 반쯤 넋이 나간 얼굴로 A의 명복을 빌었다. A를 위해서인지, 자기 자신을 위해서인지 모를 기도를 어울리지도 않게 엄숙한 표정으로 따라했다. 나도 멀찍이 떨어져 앉아 A를 위해 기도했다. 어설프게 사람 된 도리라도 해보려고 쇼를 하는 우리들이 약간 우스꽝스럽다는 생각이 고개를 들려할 때 그 마음을 누르고 A에게만 집중했다. 기도를 어떻게 하는 건지는 모르지만 A가 잘 떠나가기를 무작정 빌었다. 성연만이 끝까지 아무것도 하지 않고 우뚝 서서 우리를 무심한 눈으로 응시했다.

"그만하고 일어나. 지금 가야 돼. 날 밝기 전에."

시간은 새벽 두시를 막 지나고 있었다. A의 죽음을 발견한 지 열세시간이 흘러 있었다.

"어디로?"

누군가가 물었다.

"집 근처에 대운산이라고 낮은 산이 있어. 새벽 다섯시만 돼도 사람들이 등산하러 다니니까 그 전에 묻어야 돼."

"묻어?"

"묻어야지, 그럼."

"들키면?"

"내가 사람들이 안 다니는 길을 알아. 할아버지 무덤이 있는 곳이야."

조용한 집에 긴장감이 흘렀다.

"배달하는 차 빌려왔어. 빨리 쓰고 제자리에 둬야 돼. 네명밖에 못 타. 짐 싣고 나면 많이 타도 네명. 나, 영철이, 세준이, 그리고 누가 갈래."

성연은 누가 갈래,라고 물으면서도 나와 지민, 정희는 배제하고 경우를 뚫어지게 쳐다보았다. 경우는 입술을 달싹거리다가 어쩔 수 없다는 듯 대답했다.

"내가 갈게."

마음속으로 나 자신에게 실망했지만 안도의 한숨이 나오는 걸 막을 수는 없었다. 아이들이 내게 아무런 기대도 하지 않는다는 게, 나를 전혀 고려하지 않는다는 게 이번 만큼은 정말 다행이었다. 나는 일부러 덜떨어진 표정을 지으며 상황 파악이 안 된다는 듯 두리번거렸다.

"가서 또 딴소리하지 마, 너."

영철이 경우에게 다짐을 받듯 쏘아붙였다.

"안 해."

"그래, 해봤자 이미 늦었으니까."

성연이 가볍게 말했다. 그 후로 잠시 정적이 이어졌다. 우리 모두 그 사실을 소화할 시간이 필요했다. 이미 늦었고, 우리가 말도 안 되는 행동을 저질러버렸다는 사실을. 우리는 공범이 되었고 더는 돌이킬 수 없다는 사실을. 아이들은 해가 뜨기 전에 대운산으로 이동해 성연의 조상묘 근처에 A를 파묻기로 했다. 밖에는 눈이 쌓여 있었지만 그런 걸 생각할 겨를이 없었다.

"우리는 뭘 하면 돼?"

성연과 아이들이 캐리어를 끌고 현관문을 나설 때 지민이 다급하게 물었다. 경우를 향해 물었다가, 경우가 고개를 푹 숙인 채로 침묵하자 성연을 바라보고 다시 한번 물었다. 남은 우리는 무엇을 해야 하냐고. 우리의 운명을 성연에게 맡기겠다고 선언하는 순간이었다.

"옷 갖다 버리고 바닥 닦아. 그리고… 그리고 환기나 하든가."

그게 최선인지, 그것만으로 충분한지 그 순간 아무도 판단하지 않았다. 깊게 생각하고 의문을 가지길 포기했다.

'우리집'에 모여든 아이들은 자신들에 대한 세간의 평가를 증명하기라도 하듯 상식적이지 않은 결정을 내렸다. 아이들의 불안에 불을 지핀 것은 나지만 그런 나조차 아이들을 경멸했다. 우리는 증오를 받아 마땅한 존재들이었다. 억울해서는 안 되는 존재들이었다.

아이들이 떠난 후 지민과 정희는 누군가가 벗어놓고 간 반팔티를 찢어 걸레로 만든 후 바닥을 닦았다. 나는 환기를 했다. 반지하 창문을 열었을 때 바깥이 보이지 않을 정도로 쌓인 눈이 보였다. 낮에 눈이 더 내린 건지 거의 무릎 높이까지 쌓인 것 같았다. 나는 창문 앞에 쌓인 눈을 손바닥으로 밀어냈다. 부드럽고 쉽게 부서지는 눈이 아니라 결정이 굵고 단단한 눈덩이였다. 힘을 주고 방범창 밖까지 손을 내밀어 눈을 밀어냈다. 순간 눈 속에 있던 무언가가 손에 걸렸다. 그것을 향해 손을 더 뻗어 더듬거리자 촉촉이 젖은 털이 만져졌다. 나는 소스라치게 놀라 팔을 빼고 창문을 닫아버렸다. 무엇이었지? 부드럽고 축축한 것. 손끝에 남은 생생한 촉감을 떨쳐내려 지민과 정희를 도와 방을 깨끗이 닦았다. 우리에게는 아무 생각 없이 집중할 수 있는 일이 필요했지만 청소는 간단한 일이라 금방 끝났다. 우리는 벽에 등을 기대고 앉았다.

"걔들이 죽은 애를 잘 묻어줄까. 시체가 상하진 않았으면 좋겠는데."

정희가 중얼거렸다.

"경우가 갔으니까 별 일 없을 거야."

지민이 자신 없는 목소리로 말했다. 여자애들은 별로 개의치 않는 듯 보였지만 그렇지 않아도 환기가 되지 않는 집 창문을 종일 닫아놓아서인지 여전히 희미한 악취가 방 한가운데 고여 있는 것 같았다. 정희는 아이들이 썰물처럼 빠져나간 곳에서 평소 같지 않게 계속 지민에게 말을 걸었다. 무덤덤한 표정과는 다르게 겪은 일 때문에 무척 지친 기색이었지만 무슨 말이든 하려고 했다.

정희가 녹초가 되어 말을 멈추자 지민은 자신의 차례를 기다린 것처럼 묻지도 않은 이야기를 늘어놓았다. 정희뿐만 아니라 자신도 경찰을 부르는 게 너무 무서웠다고 했다. 죽은 애에겐 미안하지만 우리에겐 다른 방법이 없지 않느냐고 내게 동의를 구했다. 내가 호응해주지 않자 자기 사연을 제대로 설명할 필요가 있다고 느꼈는지 끔찍한 이야기를 수다스럽게 떠벌렸다. 부모는 자신이 어릴 때 이혼했고, 일곱살 때부터 키워준 친할아버지의 폭행과 추행, 친할머니의 방관을 견디지 못해 집을 나온 지 6개월이 됐으며, 그동안 서너개의 가출팸을 떠돌았다는 얘기였다. 조건을 하다가 각목해주겠다고 한 오빠들이 제때 들어오지 않아 60도 넘어 보이는 노인에게 성폭행을 당한 이야기, 각목하던 오빠들이 갑자기 돌변해 자신을 성폭행한 이야기, 돈을 달라고 덤볐다가 맞아서 팔이 부러진 이야기, 지민이 입고 있던 팬티까지 강탈해서 변태에게 내다 판 쓰레기 같은 자식과 갈 곳이 없어서 그 쓰레기 집에서 며칠만 더 살게 해달라고 애걸한 이야기까지. 집을 나오기 전이었다면 지민의 불행을 가여워했을 것이다. 어른들의 잔혹한 짓거리에 진저리를 쳤을 수도 있겠지만 이제 그 정도의 불행은 어디선가 들은 얘기 같고, 진부하게 느껴져 나는 지민의 고백을 흘려들었다.

형식적으로 대꾸하다가 깜빡 잠이 들었는데 울음소리에 깨어보니 지민이 눈물을 흘리고 있었다. 정희는 기절하듯 잠들어 지민이 바로 옆에서 그렇게 훌쩍거려도 깨지 않았다.

"왜 울어?"

지민은 한참이나 울다가 웅얼거리며 대답했다.

"나 죽은 사람 처음 봐."

"나도야."

"걔, 정말 죽은 게 맞는 걸까? 걔는 왜 그렇게 조용히 죽은 걸까."

"모르겠어, 나도."

"오빠. 넌 아는 게 뭐야? 도대체 하는 일이 뭐야? 진짜 왜 그러고 살아?"

지민이 갑자기 질린다는 듯 나에게 날선 소리를 내뱉었다.

"몰라. 모르겠다고. 나도 내가 왜 이러고 사는지 모르겠다. 미안하다, 미안해."

지민을 달래다가 나도 울어버렸다. 눈물을 흘리면서, 나는 내 체온이 점점 낮아지는 기분을 느꼈다. 너무 추워서 배 속 위장까지 요동치는 게 느껴졌다. 순식간에 창백해진 내 얼굴에 지민은 화들짝 놀랐다.

"입술이 왜 그렇게 파래? 갑자기 뭐야. 죽는 거 아니지? 진짜 아니지?"

지민이 죽지 말라고 울면서 말했다.

"너무 추워. 나 좀 안아줘."

지민이 나를 끌어안아주었다. 하지만 몸은 조금도 따뜻해지지 않았다.

나는 다섯달 뒤 재판에서 지민의 본명이 이혜연이고, 본래 나이는 나보다 한살 많다는 것, 이전에도 두번이나 소년법정에 와서 7호 처분과 8호 처분을 받은 적이 있다는 사실을 내 보조인을 통해서 알게 되었다. 지민은 만

19세, 성인이었다. 지민, 아니 혜연의 부모도 재판에 참석했다는 이야기를 전해듣고 나는 어쩌면 할아버지에게 추행을 당해 집을 나왔다는 혜연의 말이 거짓일 수도 있겠다는 생각을 어렴풋이 했다. 하지만 진실일 수도 있었다. 나는 진짜가 무엇인지 영영 확인할 수 없을 것이다.

21

성연은 대운산 산자락에 차를 세웠다. 성연, 경우, 영철, 세준, 네 아이는 번갈아 가며 캐리어를 끌고 산을 올랐다. 사람을 마주칠까봐 등산로를 피해 나무와 풀을 헤치며 걸었다. 한밤중임에도 산을 뒤덮은 눈에 달빛이 반사되어 대낮처럼 환했다. 트렁크에는 삽이 하나뿐이었다. 성연은 그것을 한 손에 꽉 쥐고 성큼성큼 앞서 걸어갔다. 평소라면 30분 안에 도착할 거리였지만 눈길에 몇번 미끄러지고 길을 헤매 한시간이 다 되어서야 성연 조부의 묘에 다다랐다. 그곳은 사람들의 발길이 거의 닿지 않는 곳에 위치해 있었다. 어머니가 재혼한 후 한번도 친조부의 묘에 와보지 못했던 터라 성연은 할아버지 무덤 앞에 두번 절을 올렸다. 경우가 시계를 확인했다. 네시였다. 동이 트기 전에 일을 끝내려면 서둘러야 했다.

그때, 소나무에 쌓여 있던 눈덩이가 영철의 머리 위로 툭 떨어졌다. 기절할 듯 놀란 영철이 으악 소리를 지르며 말릴 틈도 없이 굴러떨어지듯 산 밑으로 내달렸다.

"씨발, 저 새끼 잡아!"

세준과 성연은 영철을 잡기 위해 뒤쫓아갔다. 경우는 A가 담긴 캐리어를 두고 가기가 꺼림칙해 그걸 지키고 서 있었다. 달빛을 쬐며 경우는 이상하게 정화된다는 느낌을 받았다. 아이들의 소리가 멀어지고 나니 산에서 흘러나오는 온갖 소리에 귀를 기울이게 되었다. 나무들이 바람을 따라 물결칠 때마다 산이 가둬놓은 흐느낌이 새어 나왔다. 산이 기르는 짐승의 울음소리와 소동물들이 눈을 밟고 지나다니는 소리가 들렸다. 흙 속에서 꿈틀거리는 무언가의 진동이 느껴지기도 했다. 성연이 내팽개치고 간 삽이 눈에 들어왔다. 기다리는 동안 땅이라도 파야겠다는 생각에 경우는 우선 땅에 쌓인 눈을 걷어냈다. 땅은 예상보다 더 꽝꽝 얼어 있었다. 물러설 곳이 없었다. 삽에 최대한 몸무게를 실어 조금씩 긁어내듯 흙을 파냈다.

그때, 캐리어가 좌우로 거칠게 흔들렸다. 캐리어가 넘

196

어지더니 눈발을 구르며 빙글빙글 돌았다. 캐리어를 안에서 쿵쿵 때리는 소리가 들리고 부실했던 잠금장치가 부서졌다. A가 캐리어 뚜껑을 벌컥 열었다. 좀비처럼 몸을 일으킨 A가 헐벗은 몸으로 경우에게 비틀거리며 다가왔다.

나쁜 새끼들, 나를 묻어버리려고 했지. 내가 가만두지 않겠다!

경우는 몸이 딱딱하게 굳어버려 A를 피할 수가 없었다. A는 경우가 판 야트막한 구덩이 속으로 경우를 쳐 넣었다. 그리고 놀라운 괴력으로 순식간에 경우를 흙으로 덮었다. 경우는 자신의 눈과 귀와 입, 얼굴의 모든 구멍으로 흙이 들어오는 것을 느꼈다.

살려줘. 살려줘! 제발 살려줘!

창백한 달빛에 반사된 A의 몸이 알록달록하게 빛나고 있었다. A는 킬킬거리며 경우에게 말했다.

네 친구들도 곧 보내줄게. 너무 억울해하지 마.

그리고 우리는 모두, A에 의해 하나하나 죽음을 맞았다.

물론, 그런 일은 일어나지 않았다.

산에서 아이들이 어떻게 A를 묻었을지 상상하며 내가 만들어낸 이야기 중 하나일 뿐이다. 나는 분명 아이들과 같이 가지 않았지만 그들과 함께 산을 올랐던 것 같은 기분을 느끼곤 했다. 그 흙냄새와 숲의 흐느낌을 설명하라면 설명할 수도 있었다.

경우, 성연, 영철, 세준은 새벽 여섯시쯤 녹초가 되어 '우리집'에 돌아왔다. 하나같이 두 손이 빨갛게 부르터 있었고 손톱에 흙이 잔뜩 끼어 있었다. 삽이 모자라 맨손으로 흙을 파낸 모양이었다. 아이들은 씻지도 않고 널브러져 잠들었다. 나는 꽁꽁 언 몸 위로 굴러다니는 담요와 옷가지를 덮어준 뒤 물끄러미 바라보았다.

나쁜 일을 하지 않고 다들 어떻게 사는 걸까. 반복되는 일상을 저버리지 않고 평화를 일구는 법은 누가 알려주는 걸까. 그런 게 체득이 되는 인간들은 다른 유전자를 갖고 태어나는 걸까. 동이 틀 무렵 창가에 어른거리는 고양이 그림자를 눈으로 좇으며 우리는 망했다고 홀로 중얼거렸다.

A가 생각났다. 그애는 돈이 생기면 길고양이를 데려와 키울 거라고 했다. 자신에게는 가족이 없으니 고양이를 세마리쯤 키우고 싶다고 했다. 고양이를 키우려면 돈이 많이 드니까, 자기는 돈을 많이 벌 거라고 말했다. 그애가 번다는 돈은 자기 몸을 망가뜨려 타인에게서 뜯어내는 거

겠지.

새끼 낳으면 너한테도 한마리 줄까?

그애가 물었을 때 내가 뭐라고 대답했을까. 도무지 기억이 나지 않았다.

22

오늘은 평소보다 많이 모였구나. 이호와 진혁이 없기 때문인가. 사람 열댓명쯤 모인 것과 맞먹는 밀도로 귀신들이 집 곳곳에 들어차 있었다. 기분 탓인지는 몰라도 귀신이 밀집해 있을 때는 환기를 해도 묵직한 한기가 집을 짓누르며 고여 있는 듯했다. 벌레가 들어올 수 있다는 걸 알면서도 가슴이 답답해 방충망까지 활짝 열어놓았다. 희미하게 노란 달빛이 집 안으로 흘러들어왔다.

달빛이 귀신들을 어루만지며 달래도 그들은 물러가지 않는다. 귀신들은 그저 희끄무레해서, 어둠에도 쉽게 깃들고 빛에도 아무렇지 않게 몸을 기댔다. 내가 모르는 존재들이 내 옥탑방을 채우고 있다는 생각에 나는 알 수 없는 슬픔을 느꼈다. 그들이 끊임없이 중얼거리는 속삭임을 차라리 내가 해석할 수 있었으면, 그런 생각에 빠지기도 했다. 물론 자주 섬뜩함을 느낀다. 죽을 때까지 이것들을 떼어낼 수 없다는 생각에 참을 수 없는 권태를 느낄 때도 있지만 내가 이 존재들을 증오하지는 않는 이유는, 이들이 나를 위협하지는 않기 때문이다. 누군가는 이 존재들이 악의로 가득하다고 말하지만 인간이 가진 악의와 비교하자면 저들도 평범한 축일 것이라고 나는 생각했다.

이호의 행동은 때로는 경우를, 때로는 성연을 떠오르게 했다.

"형. 와서 앉아요. 빨리. 고기 샀어요."

퇴근 후 집으로 온 나는 1층에서부터 고기 굽는 냄새를 맡았다. 설마 내 집에서 나는 냄새일 거라고는 예상하지 못해 얼떨떨한 기분이었다. 낡은 접이식 식탁 위의 고기들을 바라보았다. 뭘 얼마나 먹으려는 건지는 모르겠지만 터무니없이 비싼 가격에 많은 양이었다. 이호는 대식가였다. 배가 터질 듯 빵빵해질 때까지 음식을 밀어 넣곤 했다. 먹어도 먹어도 속이 헛헛한 기분을 나도 알기에 이해는 했지만 그 양을 감안하더라도 너무 많았다. 아이는 평상에 펼쳐놓은 돈을 두 손 가득 들어 올려 내게 보이며 입이 찢어지게 웃었다.

"뭐야?"

"돈 벌었어요, 내가."

"네가 무슨 수로 돈을 벌어. 너 또?"

"아니거든요. 그런 짓 안 해요. 그거 해봤자 몸만 망가지고 푼돈밖에 못 버는 거 이제 나도 알아요. 재수 없으면 신고나 당하고."

"그러니까 그거 아니면 이 돈을 어떻게 버냐고. 제대로 말해."

기대와는 다른 반응이었는지 이호는 당황한 기색이 역력했다. 나는 이호의 비행을 지금까지 방관했으면서도 막상 아이가 희희낙락한 얼굴로 돈을 세는 모습을 보니 도저히 어물쩍 넘길 수 없었다.

"왜요. 아는 형들한테 일 배운다고 했잖아요. 내가 잘해서 번 돈이에요. 실적 올리려고 얼마나 노력했는데요."

아이가 이미 어떤 일에 발을 담갔고 앞으로는 더욱 적극적으로 나서리라는 걸 예상할 수 있었다. 드디어 자신의 쓰임새를 찾았다는 생각에 이호는 들떠 보였다. 아주 큰돈은 아니었지만 처음으로 노동의 대가를 받은 것에 벅차오른 듯했다. 오래전 사장 형에게 처음으로 인정받은 그날 나도 지금의 이호만큼이나 세상을 다 가진 표정이었을까. 이런 아이를 구슬려 자기 입맛대로 부리는 건 너무도 쉬운 일이겠지.

"네가 잘해서 번 돈이라고? 네가 뭘 해서 돈을 버는데?"

"네?"

이호는 영문을 알 수 없다는 얼굴로 내게 되물었다.

"현금으로 그만큼 돈을 줬다는 거잖아. 뭘 해야 고등학교도 졸업 안 한 네가 그 정도를 버는 건지 궁금해서."

이호의 목소리가 눈에 띄게 가라앉았다.

"갑자기 그런 건 왜 묻는데요? 원래 관심 없었잖아요."

"어떻게 하는지 두고 본 거야. 내가 말려봤자 소용없을 거 아니까."

"누구 피해주는 일은 아니에요."

"뭔지는 몰라도 결국 네가 제일 피해보는 일이겠지."

이렇게 말해봤자 역효과만 날 것이란 걸 머리로는 알았지만 이호가 내 말을 조금도 받아들이지 못하는 눈치라 울화가 치밀어 참을 수 없었다.

"전혀 아닌데요? 진짜요. 형들도 다 착하고 저한테 잘해줘요."

"잘해줘야지, 이용해먹으려면."

"저 거지처럼 다닐 때 형도 먹여주고 재워줬잖아요. 저한테 일 가르쳐주는 형들도 마찬가지예요."

이호는 자기 나름대로 화를 꾹꾹 눌러가며 내게 말했다. 나는 할 말을 잃었다.

"그건…"

"형도 목적이 있어요?"

"그 사람들이랑 나는 다르지. 내가 처음부터 말했었잖아. 나도 너처럼 가출한 적 있다고. 그래서 네 마음 잘 알아. 모르고 싶어도 훤히 다 보여."

"뭘 그렇게 잘 아는데요? 내가 말한 적이 없는데."

그 순간 이호가 내 앞에서 쓰던 가면을 벗었다. 자해공갈을 하다가 내게 걸린 그날, 바로 그날처럼 나를 노려보며 잔뜩 날을 세웠다. 살면서 동물이건 사람이건 내 손으로 밥을 먹이거나 돌본 적이 없었다. 이호가 처음이었다. 누군가를 진심으로 염려하는 마음도 처음이었다. 나는 우습게도 이호가 내 노력을 알아주지 않는다는 것에 화가났다.

"그 일 관둬. 후회하기 싫으면 학교 갈 준비해. 내가 도와줄 테니까. 알겠어?"

"씨발, 형이 뭔데요."

"뭐 이 새끼야?"

나는 화를 냈고, 이호는 악을 쓰며 자기 일에 상관하지 말라고 했다. 고기가 까맣게 타들어가도록 우리는 큰소리를 주고받았다. 이호가 상을 엎고 자신의 짐을 챙겨 계단을 내려간 후 나는 정신이 번쩍 들었다. 동네를 뛰어다니며 이호의 이름을 불렀다.

그게 2주 전이었다. 나는 매일 저녁 밥상에 이호와 진혁 몫의 수저 두벌을 상에 놓았다. 저녁때가 지나기 전에 돌아오기를 바라는 마음으로. 하지만 그애들은 들어오지 않았고 연락도 없었다.

이호와 진혁이 밖에서 무슨 일을 하고 다니는지 궁금해서 잠을 잘 수 없었다. 이호의 몸에는 더이상 멍과 상처가 없었지만 이전보다 더 수상하고 위험한 분위기가 풍겼다. 처음에는 이런 마음이 분명 아니었다. 느슨하게 아이를 잡고 있으려 했는데 왜 결국 이렇게 된 걸까. 그때로부터 시간이 많이 지났고 홀로 두 발을 딛고 살아가는 삶에 어느 정도 적응이 됐다고 생각했는데, 이호의 등장 이후 나는 또다시 누군가에게 마음을 의지하고 싶어졌다.

당연히 내가 베푸는 입장에 섰다고 생각했다. 그러나 나는 그 시절에서 조금도 벗어나지 못하고 이번에도 타인에게 의존하려 하고 있었다. 이호가 돌아온다면 황량한 거리에 내팽개쳐진 채 햇볕을 찾아 헤매는 꿈을 꾸지 않아도 되겠지. 그런 희망을 품으며 애써 눈을 감았다. 하지만 내 영혼은 이미 오래 전에 동사한 것 같기도 했다.

23

죽은 A에 대해 우리는 함구했다. 말하지 않을 뿐만 아니라 떠올리지도 않으려 노력했으며 그 새벽을 상기시킬 만한 어떠한 말도 꺼내지 않았다. 누구나 드나들 수 있었던 '우리집'을 우리는 요새처럼 만들었다. 나는 현관문 앞에 붙은 'WELCOME! 행복한 우리집'이라고 적힌 구름 모양의 스티커를 밤새 긁어서 떼어냈다. 회색 페인트도 같이 벗겨져 낡고 지저분했던 현관문이 훨씬 을씨년스러운 풍경이 됐지만 아무도 나를 탓하지 않았다. 성연은 자기 집에 돌아온 주영에게까지 경계심을 드러냈다. 주영은 자신에게 가시를 세우는 우리들 틈에 여상히 앉아 멍청한 표정으로 하루나 이틀을 보내고 다시 집을 떠났다. 우리가 갈 곳 없는 주영을 다시 지하철로 쫓은 것이나 다름없었지만 죄의식은 별로 느끼지 않았다.

나는 '우리집' 문을 열고 나와 이웃들과 마주칠 때면 몸에 힘이 들어갔다. 그들은 차가운 눈으로 우리를 쳐다보곤 했다. 낮과 밤을 가리지 않는 소란과 온갖 문란한 상상을 불러일으키는 10대 아이들의 혼숙을 불쾌히 여기는 것이었으나 나는 그들이 무언가를 알고서 우리들을 유심히 보는 것이 아닌가, 지레짐작하고 불안해했다. 무엇을 해도 수상쩍고 미심쩍은 새벽, 바퀴가 떨어져 굴러가지도 않는 거대한 캐리어를 차로 옮기는 소년들을 누군가가 봤다면, 그 장면의 의미를 알지 못하더라도 뇌리에 남을 것이었다.

그날 이후로 아이들은 경우를 존중하지 않았다. 경우가 주도권을 잡아서는 안 된다는 인식이 전반에 흘렀다. 나는 경우가 주장하는 것이 대부분 이치에 맞고 합리적이라고 속으로 생각하면서도 아이들이 경우를 막아설 때면 뒤로 물러나 어떠한 의견도 보태지 않았다. 아이들로부터 소외되고 싶지 않았다. 아이들은 혹시나 경우가 다른 마음을 먹을까봐 걱정되는지 경우를 혼자 다니지 못하게 했고 오늘은 무슨 일을 했는지, 내일은 어디를 갈 건지 꼬치꼬치 캐물었다. 경우는 담담하게 묻는 말에 대답했다. 나는 경우의 무기력한 모습을 지켜보는 것이 힘들었다. 경우를 대할 때의 미묘한 마음은 일정 부분 불편함을 포함했고 그 불편함은 내가 경우를 선망하는 데서 비롯된 것이었다. 경우에게서 나약한 부분을 발견하자 경우에 대한 환상이 깨졌고 비겁하게도 분위기에 편승해 나도 그애를 은근히 무시했다.

솔직히 성연의 극단적인 행동, 악랄한 말에 익숙했지만 나는 성연이 자신을 보호하는 방식의 하나로 위악을 택했다고 생각했었다. 그러나 A를 묻은 그날 이후 성연은 악의 변두리에서 중심으로 성큼성큼 나아갔다. 사장 형에게 휘둘리고 이용당하던 그때와는 비교할 수 없는 위압감이 느껴졌다. 나는 성연을 거스르고 싶지 않았다. 아이들의 생각도 마찬가지였기에 성연을 중심으로 새로운 질서가 구축되었다.

"경우야, 김경우, 나 벌레 좀 잡아줘라."

그리고 원인을 알 수 없는 이상증세가 나를 괴롭히고 있었다. 나는 몸에 벌레가 기어다니는 느낌 때문에 밤마다 진저리 치며 일어났다. 처음에는 같이 두리번거리며 벌레 쫓는 시늉이라도 하던 아이들은 그런 일이 며칠 반복되자 더는 봐주지 않았다. 나는 벌레가 피부 위를 기어

다니는 환촉을 느낌과 동시에 벌떡 일어나 불에 덴 것처럼 방방 뛰며 고성을 질렀다. 같이 자던 아이들은 나를 엎어놓고 이불로 덮은 뒤 밟고 주먹을 휘둘렀다. 그렇게 정신없이 폭행을 당하고 나면 몸에 힘이 쭉 빠져서 다시 잠에 빠져들었다. 아침이 되면 아무렇지도 않게 나를 때린 아이들과 둘러앉아 라면을 먹으며 낄낄거렸다.

테이프를 빨리감기할 때 나는 소리가 귓가에 맴돌았다. 바람이 나무를 흔드는 소리, 젖은 빗길을 차가 빠르게 지나다니는 소리와 비슷한 음성들이 하루 종일 나를 괴롭혔다. 뭐라고? 다시 말해줘. 제대로 말해, 내가 들을 수 있게. 혼자 중얼거리고 있으면 지민이 겁먹은 눈으로 내 어깨를 몇번 흔들어보다가 집 밖으로 나가버렸다.

환촉과 환청을 뛰어넘는 최악의 고통은 추위였다. 설명하기도 힘들었고, 치료할 수도 없었다. 시베리아 벌판에 내팽개쳐진 것처럼 속절없이 떨고 있을 수밖에 없었다. 기온이 영상으로 올라와 성연은 맨발에 슬리퍼만 신고 밖을 쏘다니는데 나는 방 안에 가만히 앉아 있어도 냉동 창고에 갇힌 것처럼 덜덜 떨었다. 엄살을 피운다고 생각해 무시하던 아이들도 내가 파랗게 질린 얼굴로 이를 딱딱거리며 떠는 모습을 보곤 얼굴을 구겼다.

잠을 자지 못해 가물가물한 눈으로 천장을 바라봤다. 아무도 돌보지 않는 집은 천장 모서리마다 거미줄이 우거져 있었다. 경우 역시 무기력에 빠져 손을 놓고 있었기 때문이었다. 경우가 돌보지 않으니 집은 순식간에 폐허로 변했다. 집의 자격은 무엇일까. 벽과 지붕을 갖추면 집일까. 아무런 노력 없이 집의 자격을 얻은 공간은 더럽고 황폐했다. 도무지 집이라고 부를 수 없는 집이었다. 오랫동안 환기되지 못한 질기고 끈끈한 공기들이 핏물처럼 집 곳곳에 달라붙어 있었다.

심하게 동통에 시달리는 밤엔 몸이 기괴하게 바깥으로 뒤틀리고 팔다리가 불가능한 각도로 꺾여 뻗대는 느낌에 몸이 떨렸다. 귀신들이 팔다리 하나씩을 차지하고 사방으로 솟구치려 하는 것처럼 내 몸을 통제할 수가 없었다. 아침에는 욱신거리는 근육통을 느꼈다. 단기간에 살이 급격히 빠져 몸이 홀쭉해졌는데 날렵해졌다는 느낌은 아니었다. 오히려 헐렁해졌다고 해야 할까. 추위 외에 감각을 느끼는 게 무뎌졌고 행동은 느려졌다.

어느 날은 PC방에서 게임을 하다가 쓰러졌다. 눈앞이 핑 돌면서 온몸에 힘이 쭉 빠지는 감각에 내가 바닥에 무언가를 흘렸다고 착각했다. 빨리 정신을 차리고 그것을 주워야겠다고 생각하며 멀어지는 의식 속에서도 손끝으로 주변을 더듬거렸다. 의식이 돌아온 뒤 가장 먼저 본 얼굴은 경우였다. 나는 몽롱한 상태에서 잠꼬대를 하듯 PC방에 뭘 놓고 왔다고 좀 가져다달라고 두서없이 말했다.

"그게 뭔데. 휴대폰 여기 있잖아. 뭘 흘렸는데. 돈 잃어버렸어?"

무슨 말을 해야 할지 떠오르지 않았고 어쩌다 떠오른 단어들도 금세 휘발되었다. 너 어떻게 여기 있어? 내가 간신히 묻자 함께 게임을 하던 애들 중 한명이 경우에게 연락했고 경우가 알바를 하다가 병원으로 왔다고 했다. 응급실 침대는 딱딱하고 이불은 얇았다. 같이 게임을 하던 애들은 아무도 병원으로 오지 않았다. 의리를 기대할 수 없는 관계라 서운하지도 않았다. 팔이 욱신거려 내려다보니 링거 바늘이 꽂혀 있었다.

"너 영양실조래."

"와."

"라면만 먹고 맨날 밤을 새우니까 그런 거 아냐. 이 폐인 새끼야."

그게 경우에게 들은 유일한 욕이었다. 말은 험했지만 경우의 얼굴에 걱정이 가득했다.

"이제 진짜 정신 차려야겠다. 왜 그랬지."

정신을 잃었을 때 소변을 보는 바람에 바지는 환자복으로 갈아입혀져 있었다. 내가 놓쳤다고 생각한 게 고작 오줌이었나. 쪽팔려서 일부러 더 실실 웃었다. 나사가 빠진 것처럼 행동해야 덜 부끄러울 것 같았다. 간호사가 다가와 낮은 목소리로 보호자가 아직 오지 않았느냐고 물었다. 곧 오실 거라고, 경우가 대신 말했다.

"우리 엄마 불렀어?"

내가 화들짝 놀라서 목소리를 높이자 경우가 쉿, 하고 검지를 입에 댔다. 나는 머리가 복잡해졌다. 엄마가 오면 어떡하지, 엄마가 이 모습을 보면 어떡하지. 아니, 어쩌면 나를 가엾게 여길지도 모른다.

"우리 엄마 번호를 어떻게 알았어? 어디래? 진짜 금방 온대?"

내가 상기된 얼굴로 답을 재촉하자 경우는 나를 일으켜 앉혔다.

"정신 차렸으면 나 봐봐."

나의 흐리멍덩한 눈동자를 가까이에서 마주 보며 경우가 속삭였다.

"집 가야지."

"뭐?"

"튀자."

경우는 같이 화장실에 가는 척 나를 부축해서 걷다가 갑자기 내 멱살을 잡고 응급실 뒷문을 향해 전속력으로 달렸다. 환자복 차림으로 멱살이 잡힌 채 휘청거리며 병원이 보이지 않는 좁은 골목까지 뛰었다. 원래는 경우보다 내가 더 덩치가 컸는데 살이 빠지자 그 손을 뿌리칠 힘도 없었다. 골목부터는 혼자 걸어서 '우리집'으로 돌아왔다. 경우가 나를 부축하려 했지만 나는 그 손을 뿌리쳤다. 내가 방에 드러누워 있는 사이 경우가 편의점에서 인스턴트 죽을 사왔다.

"닭죽 안 좋아하는데."

"그냥 좀 먹어. 진짜 죽기 싫으면 이제 게임 그만해. 알았어?"

"알았어."

"언제까지 이러고 살 수는 없잖아. 건강 좀 회복되면 나랑 같이 일 나가자."

어린아이를 달래는 듯한 말투에 나는 갑자기 화가 치솟아 반쯤 먹은 죽을 싱크대에 던져 넣고 경우에게 소리쳤다.

"병원에 그냥 버리고 가지. 왜 또 여기 데려왔냐!"

경우는 무표정한 얼굴로 다시 겉옷을 입고 알바를 하러 나갔다. 그날따라 집에는 아이들이 없었다. 날씨가 좋아서 모두 나간 것 같았다. 그런 날은 빛도 들지 않는 반지하 방에서 부대끼고 있는 것보다 선선한 바람을 맞으며 공원에서 노숙하는 게 훨씬 나았으니까. 해가 진 후, 나는 내가 먼 산 속 아무도 모르는 동굴에 갇혔다는 상상을 했다. 굴 입구까지 눈이 쌓여서 아무도 이곳을 발견하지 못했다. 완벽하게 혼자라는 생각이 들었다. 내 것이 아닌 것처럼 앙상해져버린 팔뚝을 주무르고 있다보면 나도 모르게 캐리어 안에 구겨져 있던 A가 생각나고는 했다.

몸이 조금씩 확연하게 쇠약해지고 있음을 느꼈다. PC방에 가도 시야가 흐릿하고 두통이 심해서 게임에 집중할 수가 없었다. 입고 다니던 추리닝 바지가 헐렁해져서 흘러내릴 정도가 되었다. 무심하고 눈썰미도 없는 성연마저 나를 뚫어지게 쳐다보다가 "너 진짜 해골 같다"라고 툭 내뱉곤 했다. 하나도 웃기지 않은데 자꾸 비식비식 웃음이 새어 나왔다. 나의 몸에서는 무언가가 계속 빠져나가기만 할 뿐 채워지지 않았다. 살이 빠졌고 웃음이 새어 나왔고 들은 말들이 저장되지 않고 그대로 귀를 통과해서 빠져나갔다.

경우는 매일 편의점에 들러 인스턴트 죽을 사 날랐다. 꾸준히 죽을 먹으면 모든 병이 낫기라도 하는 것처럼. 나는 경우에게 고맙다고 말하지 않았다. 경우의 한결같음에 울컥하는 순간들이 많았지만 사소한 것에 감격하고 마는 나라는 사람을 이제는 최대한 감추고 싶었다. 나는 경우와 성연이 집을 비우면 봉지라면을 부숴 먹거나 굶었다. 며칠씩 집을 비우고 연락을 끊었다가 성연의 협박에 하는 수 없이 다시 집으로 들어온 지민과 정희는 하루 종일 장롱에 기대어 우두커니 앉아 있는 내가 불쌍해 보였는지 옆집에서 날달걀 하나를 얻어와 계란찜을 해주었다. 지민이 계란찜을 후후 불어 식혀 먹는 내 곁에 앉아 말을 붙였다.

"왜 그렇게 불쌍하게 먹어?"

"불쌍하게 먹는 게 뭔데."

"느낌이 그래. 그래서 오빠만 일 안 하잖아, 여기서."

정곡을 찔린 나는 입맛이 뚝 떨어져 더이상 음식을 넘길 수가 없었다. 나도 알고 있었다. 빈둥거리는 것 같아도 모두가 '일'을 하고 있다는 것을. '일'은 배달이나 서빙 알바 외에도 사기, 조건만남과 각목, 절도와 소매치기를 포함했다. 나는 아무 일도 하지 않고 아이들에게 기생해 버티고 있었다. 며칠 동안 나는 집에 돌아갈 마지막 기회를 경우 때문에 놓쳤다고 생각하며 그애를 속으로 원망하기만 했다. 자식이 응급실에 있다는 사실을 알았어도 부모가 내버려뒀을까, 자꾸만 그런 미련이 나를 괴롭히는 것이었다. 그때가 어머니 손에 이끌려 못 이기듯 집으로 돌아갈 절호의 기회였는데, 허무하게 날려버렸다는 생각에 마음이 괴로웠다.

"괜히 쓸데없는 말 했네. 남기지 말고 다 먹어."

지민이 내 어깨를 토닥였다.

24

살면서 좋았던 기억을 하나만 꼽으라면 가장 먼저 생각나는 장면이 있다. 텅 빈 집에 혼자 있기가 싫어서 무작정 밖으로 나온 날이었다. 발길 닿는 대로 걷다가 나는 청류역 근처에서 성연을 마주쳤다. 언제부터가 나를 거의 상대해주지 않고 세준과 영철하고만 어울려 다니더니 그날은 웬일인지 혼자 무료급식소 근처를 어슬렁거리고 있었다. 우리는 멀리서 서로를 발견하고 잠시 멈칫했다가 크게 웃었다. 그리고 배식을 받으러 온 노숙인들 뒤로 자연스럽게 줄을 섰다. 수중에 돈이 없는 것은 아니었지만 왠지 오랜만에 그곳에서 주는 밥을 먹고 싶었다. 그날 메뉴는 노란 지단 고명과 김 가루까지 올라간 잔치국수였다. 자원봉사자는 삶은 계란도 나눠주었다.

"웬 계란이에요?"

"오늘 부활절이거든요."

평소보다 더 많은 노숙인들이 지하철로 모여든 것 같았다. 성연은 자원봉사자가 한눈을 파는 사이 순식간에 계란 하나를 더 빼돌렸다. 나는 그걸 눈치 채고 킥킥 웃었다. 뜨끈한 음식을 먹으니 기운이 났다. 그 무렵 나는 입맛이 없어 음식을 제대로 넘기지 못하고 있었지만 그날 그 국수만큼은 국물까지 남김없이 먹었던 기억이 난다.

식사를 마치고 우리는 약속이라도 한 듯이 청류역 육교 위로 올라갔다. 한창 지하철 근처를 맴돌 때 자주 시간을 때우던 장소였다. 그곳에 서면 복잡하게 얽힌 철길이 한눈에 보였다. 청류역은 경춘선과 중앙선, 경원선 등 다양한 노선이 지나는 환승역이라 수많은 기차들이 오갔다. 성연과 나는 육교 난간에 기대어 사람들을 싣고 떠나는 기차들을 바라보았다. 몸은 조금씩 떨렸지만 맑은 공기에 바람을 쐬니 기분이 한결 나아졌다. 그때 누군가가 내 이름을 불렀고 돌아본 그곳에 경우가 있었다.

아무리 우리의 행동반경이 거기서 거기라고 해도 서울 하늘 아래에서 우연히 세 사람이 만날 확률이 얼마나 될까. 나는 그 만남이 일종의 마법 같다고 느꼈다.

우리는 각자 본인 머리에 대고 계란을 딱 소리 나게 부딪쳤다. 성연이 계란을 하나 더 가져온 것도 마치 경우를 만날 것을 미리 알고 준비한 것 같았다. 소음에 귀가 먹먹할 정도였지만 이상하게 마음은 평온했다. 철길 너머로 서울의 높은 빌딩과 더 높은 산, 그보다 더 높은 새파란 하늘이 한눈에 들어왔다.

언젠가는 저 열차들 중 서울에서 가장 먼 곳까지 가는 기차에 무임승차할 것이라고 나는 충동적으로 다짐했다. 바다를 보고 싶었다. 휴대폰이 터지지 않는 섬으로 들어가고 싶었다. 성연과 나, 경우 이렇게 세명이서 낚시를 하며 자급자족하는 삶을 살면 꽤 즐거울 것 같다고 멋대로 상상했다.

성연과 경우, 경우와 나, 나와 성연. 우리 사이에 복구 불가능한 균열이 생겼다는 것을 알았다. 하지만 그 순간

만큼은 죄책감이나 후회, 원망과 무기력으로부터 한발짝 떨어져 있다는 느낌이 들었다. 우리는 아주 오래전부터 삼총사였던 것처럼 편안하게, 시시껄렁한 대화를 나누며 시간을 보냈다.

"근데 누가 부활한 건데?"

성연이 계란을 한입에 넣고 먹은 뒤 물었다.

"그것도 모르고 먹었어? 예수잖아."

"그래? 근데 예수가 알에서 태어났었나?"

"무슨 소리야. 알에서 태어난 건 박혁거세."

경우가 여상하게 대답했다.

"박혁거세? 아, 나 그 이름 들어봤는데 누구더라. 왕이잖아. 맞지?"

"맞아. 고구려 왕."

나는 경우의 확신에 찬 대답에 황당해졌다.

"아니야, 신라야. 고구려는 주몽이지."

"아, 맞다."

"씨발, 정인수 뭔데. 갑자기 왜 이렇게 똑똑해진 건데."

성연이 눈을 동그랗게 뜨고 진심으로 놀라워했다.

"똑똑하다는 말 태어나서 처음 들어."

아무도 다그치지 않고 비아냥대지 않았다. 성연과 경

우는 내게 밥을 좀 더 먹으라는 얘기, 건강을 좀 챙기라는 얘기를 덕담처럼 했다. 경우는 성연에게 홀에 서빙 알바를 구하는데 시급이 올랐으니 주유소 전전하는 것을 그만두고 그곳으로 오라고 했다. 그리고 성연은 경우에게 그저 미안하다고 했다. 설명을 덧붙이지 않아도 무엇에 대한 사과인지 우리는 모두 알고 있었다.

그날 그 순간은 너무 따뜻하고 평온해서 내가 사는 세계가 아닌 것만 같았다.

육교를 내려온 후 우리는 마법에서 풀린 것처럼 각자가 가야 할 곳으로 흩어졌다. 성연은 영철에게서 연락이 왔다며 가장 먼저 사라졌고 경우는 알바를 하러 갔다. 내가 갈 곳은 '행복한 우리집' 그곳뿐이었다.

25

내가 느끼는 감정이 두려움인지, 초조함인지, 죄책감인지 구별하기 힘들었다. 그저 제자리에 가만히 앉아 있기 어려울 정도로 이상한 에너지가 속에서 솟구친다는 사실만을 감각했다. 몸에 기운이 하나도 없어서 하루 종일 잠만 자던 게 어제인데 오늘은 갑자기 먹지 않아도 기운이 넘쳤고 잠을 자지 않아도 피곤하지 않았다. 힘이 남아돌아 경우가 일하는 가게로 서빙 알바를 가기도 했으나 내가 말귀를 잘 알아듣지 못하고 실수를 반복하자 사장이 밥이나 먹고 가라고 말했다. 그마저도 경우를 따라왔기에 받을 수 있었던 호의라는 걸 나도 모르지 않았다.

나는 경우의 일이 끝나길 기다리며 혼자 동네를 몇바퀴나 돌았다. 대로변 유흥가부터 허름한 골목길까지 비슷비슷한 색깔의 네온사인 간판들이 끝도 없이 이어졌다. 거리 곳곳에 취한 사람들과 취한 사람을 부축하는 사람들과 택시를 불러 세우는 사람들과 노래를 부르는 사람들과 큰소리로 서로를 다그치는 사람들이 즐비했다. 나는 그 사람들 외에 또다른 존재들을 보았다. A의 차가운 피부와 A의 몸에 들었던 붉고 푸르고 누런 멍들이 네온사인이 내뿜는 불빛과 마구 뒤섞여 눈앞을 흐리게 했다.

"그만해라. 그만 좀 하라고. 억울할 것도 없잖아, 너는. 가족도 없잖아. 무슨 미련이 있는데, 네가? 너를 찾을 사람도 없는데 뭐가 그렇게 아쉬워서 안 가고 버티고 있는 거야. 무슨 할 말이 그렇게 많아서 계속 나불거리는 거야. 닥쳐. 닥치라고."

내가 소리 지르자 지나가던 사람들이 수군거리며 나를 주목했다. 나는 아랑곳하지 않고 술에 취한 것처럼 떠들어대며 목적 없이 걸었다.

"따지고 보면 다 네 탓이잖아. 너 같은 건 죽어도 싸. 죽을 거면 혼자 죽지, 왜 집으로 온 거야. 우리보고 어쩌라고. 너는 죽어서도 민폐 덩어리야."

그때 눈앞에 좁은 골목길 끝에서 라이트를 밝히며 이쪽으로 다가오는 작은 차가 보였다. 저 차에 뛰어들면 어떻게 될까. 나는 무심코 생각했다.

제대로 아플 수 있을까. '진짜' 고통을 당하면 망령들에게서 벗어날 수 있을까. 그게 힘들다면 나도 A처럼 바닥을 데굴데굴 구르며 차 주인에게 화를 내볼까. 내게도 돈을 줄까. 내가 해달라는 대로 따라줄까. 고민하는 사이 차가 나를 아슬아슬하게 비껴 지나갔다.

눈앞이 흐릿해지고 나서야 나는 내가 울고 있다는 것을 깨달았다. 눈물 콧물로 얼굴이 엉망이라는 것도. 소매가 축축해질 정도로 닦아내도 눈물은 멈추지 않았다. 그때 누군가가 내 어깨를 잡았다. 경우였다.

"여기서 뭐 해. 집 가자."

"어디가 우리 집인데?"

나는 새삼스럽게 물었다.

"우리가 지내는 곳. 지금은 거기가 우리 집이지."

"가기 싫은데?"

"그럼 일단 다른 곳으로 가자."

우리는 경우가 일하던 가게의 옥상으로 올라왔다. 비틀거리는 나를 경우가 붙잡아서 물탱크로 올라가는 계단에 앉혔다. 내게 조금만 진정하라고 말했다. 너무 떨고 있다고.

"거기서 왜 울고 있었어?"

"앞으로 어떻게 할 거야, 넌? 생각하고 있는 게 있지?"

나는 경우의 질문에는 대답하지 않고 다른 걸 물었다.

"무슨 말이야?"

"아무 계획이 없어? 계속 이렇게 살 거야, 너도? 정말 이대로 살 수 있어? 너는 무섭지도 않아?"

경우는 무슨 얘기를 하는 건지 이제야 안 듯 입을 다물었다.

"그때 내가 왜 그랬지? 너무 무서웠어, 그냥. 사람이 죽었다고 신고하면 당연히 우리를 의심할 것 같았어. 너는 안 그랬어? 너도 그랬지? 솔직히 우리를 누가 믿어. 개 꼴이… 꼭 누구한테 두들겨 맞은 것 같았잖아. 이성연도 폭행해서 소년원 갔었고, 세준이랑 영철이도, 씨발, 너도 알지? 개네들 진짜 범죄자 같잖아. 그래서 각목해서 돈 버는 거잖아. 개네들 이번에 걸렸으면 분명히 교도소 갔어. 백프로야. 내 말이 맞지? 아닌가. 그냥 신고하는 게 나았나? 개네들이면 몰라도 우리들은, 그래, 너랑 나 우리 둘은 경찰서 가본 적 없잖아. 맞지? 걸린 적 없으니까 빠져나올 수 있었을지도… 아니다, 그런 거 상관 안 하고 일단 의심부터 하겠지. 씨발, 잘못 걸렸어. 진짜 잘못 걸렸어. 아, 집 괜히 나왔어. 집에서 그냥 버틸걸. 내가 배가 불렀지. 그냥 아빠한테 좀 처맞을걸. 생각해보면 그거 아무것도 아닌데 왜 못 참았지. 뭐라 하든 무릎 꿇고 빌걸. 엄마가 맞는 거 보고만 있을걸. 경우야 너는 귀신 안 봐? 이상한 소리 안 들려? 진짜 나만 들리는 거야? 왜? 씨발, 나름 A한테 친절했어, 나는. 나는 개 때린 적도 없고 욕한 적도 없는데. 난 잘해줬어."

나는 뻔뻔하게 말했다. A의 말에 귀 기울여준 것은 나뿐이었다고 생색을 내고 싶었다. A는 자기가 가진 돈 전부를 내게 주고는 아무것도 요구하지 않았는데.

"이상한 냄새 나도 모른 척해줬는데, 왜 나만! 나만 괴롭히냐고!"

나는 횡설수설하면서 나오는 대로 말을 늘어놓았다.

"지금이라도 내가 자수하면 어떨 것 같아? A가 나를 용서해줄 것 같아? A가 나한테 고양이를 준다고 했었는데…"

그때 말을 한 것이 나인지, 나를 장악한 다른 존재인지 지금도 구별하기가 힘들다. 내가 무엇에 홀린 듯이 아침이 밝아올 때까지 떠들었다는 것만 확실한 사실이었다.

나는 내 말에 취해 걸려 넘어질 정도로 빠르게 말했다. 말이 거미줄처럼 나를 옭아매서 옴짝달싹 못하는 상태가 되었다. 제발 끊어달라고 속으로 빌 때쯤 집중해서 내 말을 들어주던 경우가 불쑥 말했다.

"나 어제 엄마 만났다."

뜬금없는 말에 나는 눈이 휘둥그레졌다. 경우가 상황과 어울리지 않는 싱그러운 미소로 나를 향해 웃었다.

"엄마 미니홈피 찾았어."

"그래서?"

너무 놀라 나는 눈물이 쏙 들어갔다.

"너 그러면 이제 엄마랑 사는 거야? 그런 거야?"

"쪽지 보내도 답장이 없더라. 홈피 다이어리에 바리스타 학원 다닌다고 적혀 있길래 검색해서 찾았지. 그 앞에서 열시간 넘게 기다렸는데 안 오는 거야. 그냥 집에 가려고 돌아서는 순간, 엄마랑 정면으로 딱 마주쳤어."

나는 경우의 말에 집중했다.

"엄마가 너무 놀라는 거야. 반가워하는 게 아니라, 뭐라고 해야 되지. 놀랐는데, 너무 놀라서 귀신을 본 것처럼 경악하는 거야. 말도 제대로 못하고 완전히 질린 표정으로, 왜 왔냐고, 갑자기 이렇게 오면 어떡하냐고 그랬어. 너는 다른 사람 생각도 안 하냐고, 누가 보면 어쩌려고 이렇게 불쑥 찾아왔냐면서 화를 내는 거야. 화가 난 것 같더라. 맞아. 화가 난 것 같았어, 나한테."

경우는 엄마를 이해하려는 것처럼 천천히 고개를 끄덕였다.

"그래서 내가 미안하다고 했는데 앞으로 조심하라고, 배려 좀 부탁한다고 그러는 거야. 그래서 내가 배려가 부족했구나, 내 생각만 했구나… 그렇게 반성하다가 문득 기분이 너무 이상해져서 일하러 가야 한다고 하고 와버렸어. 엄마가 뒤에서 불렀는데 못 들은 척하고 뛰었어. 그때 버스정거장에 도착한 아무 버스나 탔어."

"그게 뭐야. 말해주지 그랬어. 엄마랑 같이 살려고 돈 모으고 있다고. 너 알바비 많이 모아놨잖아. 다 알아 새끼야."

"아직 부족해."

경우는 힘없이 웃었다. 우리 사이에 아주 잠깐 어색한 기운이 감돌았다.

"있잖아. 그날, 이성연이 나를 때렸을 때 솔직히 나 별로 화 안 났다? 괜찮았어."

"너 성연이한테 얻어터져서 피 났잖아. 그때 안 말려서 미안."

"어쨌든 이성연 때문에 개 묻을 수 있었잖아. 나는 최선을 다해서 말렸고, 말리다가 이성연한테 맞기까지 한 거야. 나는 신고하고 싶었는데, 어쩔 수 없이 그렇게 동의한 거야. 맞지?"

"그럼 아니야? 무슨 말 하는 건지 모르겠는데."

생각이 정리되지 않아 눈만 끔뻑거렸다.

"나도 사실 신고하기 싫었다고. 신고하면, 보육원에 얘기 들어갈 거 아니야. 솔직히 누가 우리를 믿어. 우리 같은 애들 모여 있으면 뻔하지. 우리가 패서 죽였다고 생각하겠지. 나도 그 정도는 계산할 수 있어. 보육원에서 나 도와줄 리 없고, 이참에 소년원이든 교도소든 보내서 버릇 고쳐놓는 게 좋겠다고 생각하겠지. 그래, 거기까지는 뭐 어쩔 수 없다고 쳐. 그런데 만약에 엄마가 알게 되면? 엄마가 오해하면 어떡해. 내가 소년원 간 사실 알게 되면 나중에라도 엄마가 나랑 살아주겠어? 나한테 착하게 살라고 했단 말이야, 엄마가. 그래야 데리러 올 거라고. 결국 오지는 않았지만."

경우는 처음으로 엄마에 대한 불신을 입 밖으로 꺼냈다. 경우가 억울함이나 서운함을 호소하는 것도 처음 있는 일이었다.

난 내가 저질이라는 사실을 똑똑히 알고 있었고 경우는 나와 본질적으로 다른 아이라고 생각하면서도 경우가 나를 누구보다 편하게 여기기를 바랐다. 성연처럼 행동하는 것도 어려웠지만 경우처럼 사는 것은 불가능에 가까웠기에 그 아이를 동경했다.

의존이라는 것이 얼마나 달콤하고 편리한지, 나는 경우를 만나고서야 알게 되었다. 내가 경우 자신보다도 경우를 더 믿었을 것이다. 경우가 당장 자신의 어머니와 함께하기를 바라진 않았지만 그래도 경우라면 머지않아 어머니와 행복하게 살 거라고 믿어 의심치 않았다.

그렇기에 나는 생각했다. 우리 중 유일하게 경우만 해결책을 찾을 수 있다고. 나를 괴롭히는 존재들로부터 나를 해방시켜줄 것이라고. 막연히 경우를 믿고 매달렸다. 내 기대에 찬 눈빛이 경우에게 부담이 되었을 수도 있었을 것이다. 나는 뒤늦게 생각했지만 돌이킬 수 없는 일이었다.

"집에 먼저 가. 집에 가서 씻고 옷 좀 갈아입어."

"왜?"

"단정하게 있으라고."

경우는 바람이 차다며 내 옷을 여며주었다.

경우를 향한 내 마음을 채반에 받쳐 거른다면 무엇이 남을까. 너무나 많은 불순물들이 섞여 있어 나조차도 내 마음을 제대로 설명하기가 어려웠다. 그럴 리 없는데도 가끔 내가 경우를 향한 증오를 숨기고 있는 게 아닌지 진지하게 나 자신에게 물었다.

26

경우의 계획을 듣고 싶었지만 어차피 내가 들어봤자 도움이 안 될 거라는 생각에 나는 경우에게 아무것도 묻지 않고 집으로 돌아왔다.

자리에 누웠다. 창가에 또다시 고양이 그림자가 환영처럼 왔다 갔다 하는 것이 보였다. 창문을 전부 가릴 만큼 거대한 고양이가 아른거렸다. 눈이 녹은 후 창문 앞에서 축축하게 젖은 고양이 시체를 발견했다. 내가 눈을 밀어내다가 손끝으로 더듬은 것은 고양이였던 것이다. 그때 내가 그 고양이의 발을 잡고 잡아당겼으면 고양이는 살았을까. 며칠 후 누군가가 고양이 시체를 치울 때까지 그 질문이 머릿속에서 맴돌았다. 아니, 이미 고양이는 죽어 있었을 것이다. 고양이를 만진 시점에서 내가 할 수 있는 것은 아무것도 없었다. 그 고양이는 내가 A와 이야기를 나눌 때 창가를 맴돌던 고양이였을까. 길고양이가 많은 동네였으니 알 수 없었다.

내가 잘못한 것은 없다고 생각했지만 축 늘어진 노란색 고양이가 자꾸만 눈에 밟혔다. 이상하게도 고양이는 눈에 밟혔지만 A의 얼굴은 벌써 잘 기억나지 않았다. 마치 누군가가 기억 속 A의 모습을 도려낸 것처럼 A의 얼굴과 목소리가 아득했다.

세수를 하고 나와보니 느지막이 일어난 영철과 세준, 성연, 지민과 정희가 라면을 끓이고 있었다.

나는 이 시간들이 곧 끝날 것이라는 예감이 들었다. 어떤 날은 반지하 방이 지겹고 모든 게 진절머리 났지만 오늘은 이 북적거림이, 소란스러움이 애틋하게 느껴졌다. 당장 닥쳐올 내일에 대한 대비도 없었고 스무살에 대한 기대도 없었다. 더이상 위조한 주민등록증을 들고 다니지 않아도 된다는 사실만이 유일한 위안이었다.

각자가 죗값을 치르고 나면 내 곁을 맴도는 귀신들이 떨어져 나갈 거라고 막연히 생각했다. 은연중에 내가 저주에 걸렸다고 여겼으니까. 그러나 일이 모두 끝난 후에도, 한번 밝아진 눈은 이전으로 돌아가지 않았다.

27

"왜 병원에 가거나 경찰에 신고하지 않고 그런 결정을 내렸지?"

"왜 아무도 그걸 말리지 않았지?"

"왜 지금까지 숨기다가 이제야 신고한 거지?"

있는 그대로 말했지만 경찰은 열번이고 스무번이고 같은 질문을 반복했다. 다른 대답을 기대하기라도 하는 것처럼. 경찰이 납득할 수 있는 대답을 하기 위해 성의껏 그날의 분위기와 온도를 묘사했다. 경찰은 다 이해한다는 듯 고개를 끄덕이다가도 노트북에 심문 내용을 옮겨 쓰며 한번씩 자신도 모르게 고개를 갸웃거리곤 했는데 나는 그런 몸짓을 보면 가슴이 덜컥 내려앉았다. 그들이 보기에는 범행 동기, 즉 사체유기의 동기가 석연치 않은 것 같았다. 그날 밤 정말 폭행이 없었는지, 폭행에 준하는 어떤 행동도 없었는지 수십번도 더 물었다. 그들은 우리 중 누군가가 나머지를 배신하고 납득할 만한 진실을 말하길 기다렸다.

경우가 경찰서에 가서 모든 것을 자수한 후, 우리는 그날 바로 경찰에 잡혔다. 라면을 다 먹고 나서 나른하게 낮잠을 자고 있을 때였다. 우리는 즉시 연행되어 취조를 받았다.

나는 우연히 경찰이 내 보조인으로 온 변호사와 나누는 이야기들을 들었다. 그들은 성연과 세준, 영철을 취조했는데 10대답지 않게 아이들이 교활하고 악랄하다고 혀를 차며 말했다. A의 시신을 찾는 일이 급선무라고 했다. 경우가 시신이 매장된 장소까지 경찰들을 직접 안내했다.

경찰들은 (성연과는 달리) 본 것과 들은 것을 있는 대로 털어놓는 내게 대체로 호의적이었다. 하지만 내가 조금만 말을 더듬고 주저하는 기색을 보이면 고압적인 태도로 이런 식으로 나오면 너 또한 가중처벌을 받을 수 있으니 지금 털어놓는 게 좋을 거라고 말했다. 아버지가 데려온 로펌의 변호사는 그런 순간마다 적절하게 나서주었다. 그렇게 다그치지 않아도 이 아이는 말할 거라고, 털어놓기 위해 왔으니 아이에게 시간을 달라고 했다. 땀이 흥건한 내 손을 거리낌 없이 잡으며 긴장하지 않아도 된다고, 지금 잘하고 있다고 다독였다. 나는 변호사의 말에 용기를 얻어 지금까지 했던 이야기를 다시 반복해서 말했다. 어떤 순간에는 너무도 시시하게 느껴지다가도, 경찰관이 이야기를 들으며 탄식을 하면 우리가 저지른 일이 어마어마하게 중대한 범죄처럼 느껴져서 겁이 났다.

나는 A가 문을 두드리던 밤, A를 처음 봤을 때의 느낌, 아이들이 A에게 호의적이지 않았던 이유와 A의 기행에 대해서 일러바치듯 말했다. 내가 말하면서도 미심쩍다고 느낄 만큼 중간 과정 없이 일어난 일, 그러니까 다음 날 오후에 방 한편에서 죽은 A를 발견했다는 것도 침착하게 진술했다. 수십번도 더 반복한 말이었지만 내가 빼거나 더한 게 없는지, 충분히 일관성 있는 대답이었는지 확신할 수 없어 마음이 좁아들었다. 찔리는 게 없다면, 왜 일을 이렇게 크게 만들었는지, 왜 조직적으로 은폐했는지, 무엇이 겁나 지금까지 자수하지 않았는지 경찰은 이해하고 싶어 했고 끈질기게 추궁했다.

수사가 시작된 후 범행에 대해 입을 맞출 수 있다는 이유로 우리들은 모두 분리된 채 만날 수 없었다.

28

보조인이 아버지와의 면담을 잡은 날, 나는 아침부터 먹은 음식 전부를 게워냈다. 마침내 마주 앉았을 때 아버지는 형형한 눈빛으로 나를 쳐다보기만 했다. 아버지 도움 따위 필요 없다고 객기를 부리고 싶었지만 허튼 소리를 했다가 아버지가 정말로 냉정하게 돌아서버릴까봐 나는 무조건 죄송하다고, 반성하고 있다고 말했다.

나는 내 이름의 뜻을 제대로 알지 못했다. 인수仁壽. 어질 인에, 목숨 수라는 이름이 모호하다고 생각했지만 아버지에게 이름을 짓게 된 계기와 의미를 묻지 못했다. 왜 이름을 이렇게 지었을까. 왜 아들의 이름을 '어지러운 목숨'이라고 지은 걸까. 내가 이렇게 갈피를 잡지 못하고 휘청거리며 사는 것은 모두 아버지 잘못이라고 생각하며 원망했다. 보조인이 내게 이름의 뜻을 설명해주기 전까지 나는 커다란 오해를 품고 살아왔던 것이다.

"아버지가 얼마나 인수 너를 위해 애쓰시는지 몰라. 너는 정인수잖아. 바르고, 마음이 너그럽고 덕이 높다는 뜻. 너도 알지? 아버지가 그러시더라. 그 이름대로 살았으면 하는 마음에서 네 이름을 아주 고심해서 지으셨다고."

어질다는 말이 '마음이 너그럽고 덕이 높다'는 뜻인 걸 정말 모두가 아는 걸까? 나만 몰랐던 걸까! 나는 왜인지 속은 느낌이 들었다.

"탄원서를 열장이나 받아오셨어. 학교 친구들, 선생님, 교장 선생님, 학원 선생님까지. 다 인수 네가 원래 착하고 성실한 아이였다고, 한번만 선처해달라고 이렇게 써준 거야. 얼마나 감사하니."

보조인은 나를 만나기 위해 거의 매일 보호시설에 찾아왔다. 보조인 말로는 아버지 덕에 성연, 경우, 영철, 세준, 정희, 지민, 나, 이렇게 일곱명 중 나만 유일하게 사설 변호인을 선임한 것이라고 했다.

"너는 거기서 영향력이 없는 아이였잖아. 산까지 따라

가지도 않았다면서. 맞지?"

"네."

"너는 결정권자가 아니었지? 이성연, 김영철, 고세준은 보호관찰 받고 있던 상황이라서 감경은 틀렸어. 그애들은 최소 10호야. 김경우는 자수해서 임의감면도 가능할 것 같고, 권정희는 수사에 협조를 안 해서 좀 애매한 상황이지."

"왜요?"

"벌 받고 소년원이든 교도소든 가겠다고 했다던데?"

나는 정희를 이해할 수가 없었다.

"그게 무슨 말이에요? 저랑 정희랑 똑같아요. 아, 지민이도요. 저희는 다 산에 안 갔어요."

"알아. 권정희는 감면 받기 싫은가보더라. 집에 갈 바엔 그냥 소년원 가겠대."

그날. 정희가 무릎을 꿇고 우리에게 한번만 봐달라고 했던 장면이 생각났다. 진심으로 집을 무서워하고 부모들을 두려워하는 듯 보였다.

"그리고 지민이가 아니라 혜연이 누나라니까. 너보다 한살 많아."

설명을 듣기는 했어도 혜연이라는 이름은 도저히 입에

붙지 않았다. 지민은 성인이기 때문에 재판을 따로 받게 되었다고 보조인은 전했다. 희미하게 어떤 기억이 스쳐 지나갔다. 우리들은 모두 위조된 주민등록증을 가지고 있었는데 자세히 들여다보면 티가 나서 깐깐하게 확인하는 편의점에서는 우리에게 술 판매를 거부할 때가 있었다. 그때마다 지민은 자신에게 맡기라며 혼자 들어가 당당하게 술을 사오곤 했다. 어느 날 우연히 본 지민의 민증은 놀라울 정도로 진짜 같았다. 이름은 달랐지만 우리 모두 다른 이름으로 민증을 만들곤 했기 때문에 별로 문제라고 여기지 않았다. 형광등에 비춰 봐도 홀로그램이 매우 자연스러워서 나는 지민에게 어디서 만들었냐고 물었다. 천연덕스럽게 청계천에서 비싸게 주고 산 거라더니 그 민증은 이혜연, 자신의 것이던 모양이었다.

나는 말없이 손톱을 잘근잘근 씹었다. 내가 불안해 보였는지 보조인은 내 손을 잡고 안심시켰다. 검찰은 우리 모두를 공동정범으로 보고 있지만, 나의 무죄는 입증될 것이니 걱정하지 말라고 했다.

"아무리 그래도, 어떻게 제가 무죄가 돼요?"

"인수 네가 그애를 때렸니? 그애 죽음에 관여했어?"

"아니요! 그건 정말 아니에요. 진짜 때린 적 없어요. 아무도요. 걔는 사고를 당했다고 했어요. 그런 거 조사할 수 있지 않아요? 조사하면 다 나오는 거 아니에요?"

"그건 조사하면 밝혀질 거야. 뺑소니 차량이 찍힌 CCTV도 확보됐다고 연락 받았어."

"정말요?"

생각보다 너무 쉽게 해결되고 있는 것 같아서 나는 몹시 얼떨떨했다.

"그래. 그럼 네가 그애 시신을 묻자고 했니?"

나는 기억을 떠올려보았다. 내가, 그랬나? 그런 적은 없었다. 나는 다만,

"아니지? 그런 적 없지?"

보조인은 내가 깊이 생각할 틈을 주지 않고 연속해서 질문을 던졌다.

"네."

"그럼 사체유기를 공모한 적 없는 거고. 산에도 따라가지 않은 거고. 맞지?"

"맞아요. 그래서요?"

"그럼 됐어."

보조인이 짝 박수를 쳤다. 가볍고 명쾌한 대답이었다. 보조인 귀에 달린 귀걸이가 달랑달랑 흔들렸다.

"정말 제가 무죄예요? 신고를 안 했는데도요? 모른 척했는데도요?"

"네가 개 부모나 선생이었다면 부작위범이 됐겠지. 하지만 너는 아니잖아. 시신을 봤다고 해서 반드시 너한테 신고할 의무가 있지는 않아. 나는 네가 무죄라고 주장할 거야."

정신이 번쩍 들었다. 내게 죄가 없다니. 믿을 수가 없었다.

"몰랐어요."

"그래, 너는 몰랐던 것뿐이야. 많이 무서웠지? 그래도 솔직하게, 일관적으로 자백했잖아. 기록으로 다 남아 있어. 판사님도 참작해주실 거야."

내게 아무 죄가 없다는 것을 확인받으니 마음이 편안해졌다. 구부리고 있던 허리를 꼿꼿이 펴고 고개를 들 수 있었다. 시설에 들어온 이후 처음으로 밥공기를 다 비웠다. 간식으로 흰 우유까지 마시고 나니 속이 든든했다.

나는 죄가 없다. 아무 죄도 없다. 나는 내 입으로 발음했다.

보조인은 재판에서 발군의 실력을 보여주었다. 의견을

말할 수 없을 정도로 이 아이는 위축되어 있었고 무기력했다, 가출을 한 후 살이 20킬로 가량 빠졌고 신경쇠약에 시달리며 정상적인 사고가 불가능했다, 영양실조로 응급실에 갔던 적도 있는데 당시 비용을 지불할 능력이 없어서 제대로 된 치료도 받지 못했다. 이 아이는 초등학교, 중학교 재학 시절 내내 단 한번도 학교를 빠지지 않았다. 고등학교에 들어가 가정의 불화로 인해 일시적인 방황의 시기를 겪었지만 이 아이의 여리고 선량한 본성을 이렇게 많은 주변인들이 (의기양양하게 판사에게 탄원서 뭉치를 건네며) 보증하고 있으며 부모님들도 앞으로는 이 아이의 회복을 위해 물심양면으로 힘쓸 것이다. 또한 이 가출팸은 서열이 확실하게 나뉘어 있었고 아이는 그 안에서 발언권이 전혀 없었다!

"만약 인수가 다른 아이들의 결정을 따르지 않고 반대했다면, 어떤 위협을 당했을지 알 수 없습니다. 폭행 혹은 살해의 위협을 당했을 수도 있습니다."

내가 여러모로 하자가 많은 인간이라는 증거를 20분이 넘는 시간 동안 제시하는 보조위을 보며 나는 그 순간을 숙연하게 받아들였다. 열정적으로 나를 변호하는 그녀의 이마에 송골송골 땀이 맺혀 있었다. 변호를 끝낸 후 그녀의 얼굴에 희미한 미소가 번졌다. 자신의 변론에 엄청난 자부심을 느끼는 것 같아서 배 속이 조금 가려웠다.

　재판을 하기 전 고개를 두리번거리지 말고 판사님만 바라보고 있으라고 보조인이 내게 당부했지만 나는 무의식적으로 고개를 돌리다가 재판정 오른편 의자에 앉아 있는 성연과 눈이 마주쳤다. 성연은 화가 났다기보다는 조금 기가 막힌 듯한 표정을 짓고 있었다.

　'살해? 폭행? 우리가 너를?'

　그런 의미인 것 같았다. 나는 성연의 눈을 피해 고개를 푹 숙였다. 그게 판사의 눈에 두려움에 떠는 연약한 청소년의 모습처럼 보였을 거라고 보조인이 재판이 끝난 후 말해주었다.

　그날 나와 혜연은 무죄 판결을, 경우와 정희는 8호 처분을, 성연과 영철, 세준은 10호 처분을 받았다. 따로 재판을 받은 지민 역시 무죄를 받았다는 소식을 전해 들었다.

29

　현관문을 열자마자 보이는 이호의 신발에 나는 반가운

마음을 누르고 애써 담담한 목소리로 이호를 불렀다.

"이호야."

하지만 방에서는 아무런 인기척이 느껴지지 않았다. 나는 신발을 대충 벗고 방으로 뛰어들어가 확인했다. 누군가 왔다 갔다는 흔적도 없었다. 나는 다시 현관으로 와 신발을 내려다보았다. 그러고 보니 신발은 밑창이 다 닳은 낡은 신발이었다. 젖은 신발을 제대로 말리지 않고 신고 다녀서 이호의 신발과 발에서는 항상 냄새가 났다. 보다 못해 새 신발을 사준 게 바로 난데, 잊고 있었다. 이호의 신발을 빨아보기도 했지만 찌든 때는 좀처럼 빠지지 않았다. 이호는 창가에 말려놓은 신발을 보고 왜 허락도 없이 남의 신발을 빨았냐며 살짝 신경질을 냈었다. 하지만 식탁 밑에서 새 신발을 꺼내자 금세 기분이 풀렸다.

"260 맞지?"

"네."

"싼 거야."

"고마워요, 형."

이호는 그 신발만 신고 다녔다. 왜 갑자기 낡은 신발이 눈에 들어왔는지 모를 일이었다. 이호를 너무 기다려서겠지. 난 신발을 현관 한편에 가지런히 정리해두었다가 마음을 바꿔 쓰레기 봉지에 집어넣었다.

"요즘 일이 계속 늦게 끝나. 원래는 이렇게 안 바쁜데 우리 생산 공장의 공정이 유튜브에 올라온 뒤로 물량이 많아졌어. 주문량이 늘어서 다들 야근해."

신발을 선물한 날, 요즘 저녁을 같이 먹지 못해서 미안하다는 말을 그렇게 돌려서 했다.

"진혁이는 요즘 왜 자꾸 밖에서 자냐?"

"저도 잘 몰라요."

"그러지 말고 잠은 집에 와서 자라고 해."

"네."

"주말에 옷 사러 갈 건데 같이 갈래?"

"어디를요?"

"그냥, 백화점이나 중심상가 어디라도."

백화점에서 옷을 사본 적은 중학생 때가 마지막이었다. 그런 시절도 있었다는 생각이 문득 들었다. 나는 둘러댄 말이 자신과 너무도 어울리지 않는다는 생각에 멋쩍어졌다.

"괜찮아요."

"왜. 봄옷 한벌 사줄게."

이호가 가지 않는다면 나도 갈 이유가 없었다.

"옷 사고 고기 먹으러 가든지."

"아니에요."

"왜?"

내가 재차 권하자 이호는 그제야 고개를 돌려서 나를 빤히 봤다. 이호와 눈이 마주치는 순간 나는 무언가 잘못되었다는 생각이 덜컥 들었다. 긍정적인 반응이라곤 전혀 없는, 미심쩍고 낯설어서 거북한 기색이 역력한 눈빛이었다. 나는 이호가 무어라 대꾸하기 전에 선수 치듯 말했다.

"바쁘면 말고."

"형."

이호가 나를 불렀고, 나는 내 표정이 일상적이고 담담하길 바라며 뒤를 돌아봤다.

"자꾸 저 챙겨주시려고 안 해도 돼요."

"안 했어."

"네."

"근데 좀 챙겨주면 안 되냐. 내가 나이도 많은데."

"너무 챙겨주려는 것 같아서 부담스러워요."

"그러냐."

"네."

내가 대꾸하지 않고 TV에 시선을 고정하고 있자, 이호는 내 눈치를 보다가 말했다.

"집에서 고기 먹어요. 저는 삼겹살이 좋아요."

30

"이만하면 아버지로서 충분히 기회를 줬다고 생각한다."

"무슨 기회요?"

"인간이 될 기회. 나는 너 때문에 고개를 들고 살 수가 없다. 정말, 정말 이렇게 살 거냐?"

아버지가 그 말을 했을 때 나는 스무살을 열흘 앞두고 있었다. 지난한 재판이 끝난 후 아버지와 나는 법원 근처 분식집으로 들어갔다. 아버지가 나를 위로해줄 거라는 기대는 애초에 없었지만 내가 집에 있을 때보다 많이 말랐다는 사실 정도는 알아봐줄 거라고 기대했다. 나는 집에 있을 때보다 20킬로 넘게 살이 빠져 있었다. 밤마다 벌레가 몸 위를 기어다니는 감각 때문에 몸을 긁어 목덜미와 손등에 생채기도 가득했다.

아버지에게 그 말을 듣는 순간 몸에서 기대나 가능성이 차지하고 있던 부피가 빠져나가 내 몸이 더 홀쭉해지는 기분을 느꼈다. 급격하게 허기가 지고 테이블 밑의 다리가 저절로 덜덜 떨렸다. 나는 주변에 혹시라도 아버지의 말을 들은 사람이 있을까 싶어 분식집 안을 둘러보았다. 옆 테이블에 교복을 입은 아이들 몇명이 슬러시를 마시고 있었다. 그 아이들은 각자 휴대폰을 들여다보면서 키득거렸다.

아버지가 시킨 만둣국과 김밥이 나왔다.

"먹어라."

아버지는 미간을 찌푸리면서 내가 먹는 모습을 내려다보았다. 식도가 타들어갈 것 같아도 나는 고개를 들지 않고 만두를 입에 쑤셔 넣었다. 아버지는 컵에 물을 따라서 마셨다. 컵을 테이블에 내려놓았을 때 나는 아버지의 손목시계를 보았다.

내가 경우에게 준 시계였다. 왜 저 시계가 아버지에게 있지. 어떻게, 어떻게 저 시계가…… 내가 슬그머니 고개를 들자 아버지는 보란 듯이 시계로 시간을 확인했다.

"빨리 먹거라."

아버지는 자신이 모욕을 당한 만큼 갚아주고 싶어 하는 사람이었다. 그래서 아버지가 나를 고쳐 쓰겠다는 마음이 정말 있기는 한지, 아니면 철저하게 굴욕감을 줄 작정인지 가늠할 수 없었다. 그저 내가 외톨이가 되었다는 사실을 마음 깊숙이 새길 따름이었다.

아버지에게 항변하고 싶었다. 저도 보통의 아이들처럼 순하게 살고 싶어요. 깨끗하고 단정하게 차려입고도 불편하지 않은 몸을 가지고 싶은데요. 아빠한테 조금 더 이해받고 싶고, 인정받고 싶거든요. 내 방에서 자고 싶고, 고양이를 쓰다듬고 싶어요.

나는 그런 말을 하는 대신 분식집의 테이블을 발로 차서 넘어뜨렸다. 갑작스러운 행패에 당황한 분식집 아줌마가 가슴을 부여잡았다. 옆 테이블의 의자도 쓰러뜨렸다. 학생들이 놀라 비명을 지르며 분식집 밖으로 뛰쳐나갔다. 테이블 모서리에 발등이 찍힌 아버지가 윽, 하고 신음을 내뱉더니 곧장 몸을 일으켜 내 뺨을 힘껏 내리쳤다. 귀가 먹먹했다. 나는 아버지에게서 도망쳤다. 그리고 지금까지 집에 돌아가지 않았다.

나는 아버지 덕에 재판장을 무사히 나올 수 있었다. 그 사실이 감동적이기보다는 너무나 견디기가 힘들었다. 잠깐 집으로 돌아가는 상상을 하기도 했으나 분식집에서 아버지에게 뺨을 맞은 후 완전히 단념했다. 며칠 거리를 배회하다가 돌아간 곳은 다시 '우리집'이었다. 반지하의 곰 팡이 냄새, 통증처럼 느껴지는 허기, 쏟아지는 잠, 방바닥 에 굴러다니는 소주병. 모든 게 평소와 다르지 않았다. 자 고 일어나면 아이들이 돌아와 있을 거라고 믿고 싶었다. 나는 그곳에서 홀로 잠들었다.

31

경우가 나를 찾아온 적이 있었다. 한달에 월세 30만원 짜리 고시원에서 살 때였다. 도대체 어떻게 주소를 알고 찾아온 것인지 짐작조차 되지 않았다. 내가 머무는 곳은 부모도 몰랐다. 분식집에서 아버지에게 맞은 이후 나는 휴대폰 번호를 바꿨다. 번호를 바꾸기 전, 어머니에게서 받은 마지막 문자는 상상도 못했던 말이었다.

하나만 묻고 싶다. 우리가 너한테 뭘 그렇게 잘못했니.

우리. 아버지와 어머니를 너무도 간단하게 묶어버리는 말. 어머니는 어느 정도 억울하고 비통해 보였다. 내 부모 의 결정적인 실수는 무엇일까. 나는 잠시 골똘히 생각하다 어머니를 차단했다. 이제 우리를 이어주는 것은 없었다.

경우는 고시원으로 올라가는 계단 앞에 우두커니 서 있었다. 패딩 주머니에 손을 넣고 어딘가에 시선을 두고 그렇게 한참이나 멍하니 서 있었다. 자세히 보니 2년 전에 내가 어머니에게서 훔친 상품권으로 사준 패딩이었다. 그때가 6월이었는데 패딩을 입은 것이었다. 제정신이 아닌 것 같았다. 그런 옷차림은 거리에서 경우가 유일해서 눈에 띌 수밖에 없었다.

나는 경우와 마주 볼 용기가 나지 않았다. 경찰에게 잡힐 때, 성연과 영철, 세준은 경우를 비난하며 결국 그 새끼가 우리를 배신했다고 울분을 토했다. 그애들 앞에서 나 또한 뒤통수를 맞은 척하면서 경우에 대한 적대감을 표출했다. 속으로는 경우가 나서줘서 다행이라고 여겼으면서 끝까지 나머지 애들의 미움을 받고 싶지 않아 연기를 했던 것이다.

경우를 보고 싶지 않은 마음은 나의 마음 같지가 않았다. 아버지의 도움으로 쉽고 편하게 혼자서 그 상황을 빠져나왔다는 죄책감은 휘발된 지 오래였다. 편의점 테이블에서 소주 한병을 마시고 다시 고시원으로 갔을 때 경우는 그 자리에 없었다. 술이 들어가니 드디어 경우를 만날 용기가 생겼는데, 막상 돌아가니 경우가 없어서 아쉬웠다. 그리고 나는 그 다음 날 바로 고시원을 비우고 다른 곳으로 이사했다.

32

기억은 시간이 지날수록 옅어지고 바래지만, 귀신들은 시간이 지날수록 짙어지고 깊어진다. 귀신은 때로 훼손한다. 밤을, 행운을, 기분 좋은 예감을.

몸이 없는 존재들의 아우성을 오롯이 느끼며 나는 삶이 지겹다고 생각했다. 죽은 후에도 아픔이 이어진다는 것을 미리 알게 된 삶은 줄곧 아득하고 막막했으니까. 남들이 모르는 것을 감지한다는 것은 외로운 일이었다. 나는 나이를 먹어도 지혜나 연륜 같은 건 터득하지 못하고 외로움과 아득함만 깨닫고 있었다.

산란하는 빛들은 귀신의 솜털 같았다. 뜬눈으로 존재하는 것들. 평안을 모르는 것들. 각자의 독백들. 이 울분들. 흠집이 가득한 영혼들. 내 삶에 대고 그렇게 도로해봤자 나는 해줄 수 있는 게 없었다.

보조인과 판사는 내게 죄가 없다고 판결했지만 나만은

알고 있었다. 내가 진 죄로부터 자유로울 수 없으리라는 것을. 좁은 캐리어 안에 웅크린 자세로 굳어가던 A가 화석처럼 내 영혼에 새겨져 있었으니까. 그래서 지금도 추위에 시달리며 내가 외면한 A를 줄곧 앓고 있는 것이다.

33

어느 날 이호가 내게 물었다. 이호가 응원하는 야구팀이 리그 꼴찌로 확정된 날이었다.

"30대가 되면 형처럼 살 수 있는 거예요?"

"내가 어때 보이는데?"

"좋아 보이는데요. 이만하면."

그날로부터 나는 단 한 뼘도 자라지 못했는데, 이호는 나에게 좋아 보인다고 말했다. 도대체 나의 어떤 점이?

"형은 가족이 없어요?"

"살아는 있어."

"만나지 않는 거죠?"

"그렇지."

"싫어서요?"

나는 쉽게 대답할 수 없어 입술을 잘근잘근 씹었다. 이걸 싫어한다고 말할 수 있을까. 부모를 싫어한다기보다는 부모의 태도가 늘 실망스러웠고 그들에게 서운했으며 그들이 주는 관심이 얄팍하고 인색하다고 느꼈다. 이런 마음으로 오래 괴로웠으니 결국에는 싫어하게 된 것도 사실인 것 같았다.

"아마."

죽을 때까지 안고 갈 비밀이라면, 진작 끊어냈다고 했으면서 내가 아직 그들을 완전히 놓지는 못했다는 것. 2~3년에 한번쯤, 대체로 사람이 없는 늦은 밤을 노렸다. 아버지는 주로 차를 지하 1층 주차장에 댔다. 술을 한병 먹고 나서 날카로운 자갈이나 열쇠로 몰래 아버지 차를 긁어놓고 재빨리 도망쳤다. 아버지가 홧김에라도 나를 찾아와 눈물이 날 만큼 혼쭐내는 상상을 했다. 옥탑방으로 쳐들어와 멀쩡한 집 놔두고 왜 밖에서 개고생이냐며 거친 손길로 대강의 짐을 챙겨 차에 태우는 상상도 했다. 반강제적으로 집으로 끌려 들어가 불편한 표정으로 현관 앞에 서성대고 있으면 어머니는 감격한 표정으로 내 등을 감싸 안으리라. 그들은 내가 꿈속에서 만난 이들이었다. 나를 진짜 사랑하는 사람들.

34

경우가 고시원을 찾아오고 얼마 지나지 않아, 나는 그 애가 죽었다는 사실을 페이스북을 통해 알게 되었다. 경우의 죽음을 알린 건 경우를 처음 만났을 때 경우와 함께 다니던 중학생 아이들 중 하나였다. 경우는 소년원을 나온 뒤 그 아이와 함께 지내고 있었던 모양이었다. 열다섯 살이었던 아이는 열여덟살이 되어 있었다.

아이가 짤막하게 남긴 부고 아래에 수십개의 댓글이 달려 있었다. 읽어보니 친하진 않았지만 밖에서 지낼 때 얼굴 정도는 알고 지냈던 아이들이 많았다. 댓글을 통해 경우가 오토바이 사고로 죽었다는 것과 새벽에 치킨 배달을 하다가 과속운전을 하던 차량에 부딪혀 그 자리에서 즉사했다는 사실을 알게 되었다. 나는 그 말을 쉽게 믿기가 어려웠다.

페이스북에는 그런 류의 거짓말들이 많았다. 고등학생밖에 안 된 아이들이 혼인신고를 했다며 웨딩사진을 올리거나 청산가리를 먹어서 지금 응급실에 와 있다며 링거를 맞고 있는 사진을 올리는 사람들도 있었다. 터무니없이 과장된 이야기들은 물론이고 전혀 사실과 다른 거짓말들도 태연하게 전하는 곳이었다.

나는 아이에게 만나자고 연락했고 메시지를 보낼 때 나도 모르게 손을 떨었다. 그날 저녁, 나는 그애가 일하는 가게 근처로 갔다. 나는 자리에 나온 아이가 쌍둥이 중 형인지 동생인지 구별할 수가 없었다. 둘은 일란성 쌍둥이라 외양이 놀라울 정도로 똑같았고 잠깐 같이 살 때도 나와 성연은 그 아이들의 이름을 자주 틀리게 불렀다. 그때마다 경우는 우리를 나무라며 쌍둥이를 구별하는 법을 알려주었는데 쌍둥이 중 형의 눈동자 색깔이 조금 더 연한 갈색이고, 동생은 머리에 가마가 두개인 것이 특징이라고 했다. 하지만 자리에 앉은 아이는 모자를 눌러쓰고 있어서 가마가 몇개인지 확인할 수 없었고 카페의 어두운 조명 탓에 눈동자 색도 제대로 보이지 않았다.

"빨리 들어가봐야 해요."

경우는 무연고자로 처리되어 구청에서 시신을 수습하고 장례를 치렀다고 했다. 아이가 화장한 유골을 받아오려고 했으나 혈연관계도 아니고 신원을 보증할 만한 것이 없어서 인도받지 못했다고 했다. 그러면 경우는 어디에 있냐고 물으니 아이는 알 수 없다는 듯 고개를 저었다.

"어쩌다 그랬어?"

"페북에 있잖아요. 배달하다가 사고 난 거예요."

"걔가 오토바이를? 타는 거 한번도 못 봤는데. 이상하잖아."

잠자코 앉아 있던 아이가 갑자기 피식 웃더니 말했다.

"뭐 하나 알려줄까요?"

"뭐?"

"그 오토바이 훔친 거예요."

"경우가?"

"네."

"거짓말."

"진짠데."

아이가 왜 웃는지, 나는 그게 너무 이상했다.

"왜 웃어?"

"그냥요."

"그걸 나한테 왜 말해?"

"그냥요."

"네가 하는 말 다 못 믿겠어."

"믿기 싫으면 믿지 마요."

경우가 죽었다는 사실보다도, 경우가 훔친 오토바이로

배달 일을 하다가 사고를 당했다는 사실이 더 믿기 어려웠다.

"알았어. 갈게."

"근데 경우 형이 그랬어요. 형 만나러 갔는데, 형이 경우 형 만나기 싫어하는 것 같았다고. 피했다면서요?"

"뭐? 아니야. 절대 아니야. 아니야. 아니야. 아니야. 아니야."

나는 도망치듯 그곳에서 벗어났다.

경우를 처음 알게 된 대부분의 아이들은 경우가 보여주는 배려를 낯설어했다. 경우의 친절에 무슨 꿍꿍이가 있으리라 예상하고 과하게 날을 세우는 아이들도 있었다. 하지만 경우의 행동에 어떤 나쁜 의도가 있지 않다는 것을 알아차리는 데 긴 시간이 걸리진 않았다. 경우는 누군가의 경계를 허무는 데 탁월한 재주가 있었으니까.

내가 경우를 어떻게 생각했던 것인지 경우가 살아 있을 때보다 그애가 죽은 후에 더 자주 곱씹었다. 경우가 매번 자발적으로 나서준다고 여겼으나 내가 그애의 등을 떠민 적은 없었는지, 그애의 등 뒤에 숨어서 뭔가를 할 수밖에 없도록 종용한 적은 없었는지 생각해보았다.

왜 저 아이는 사랑받아본 아이처럼 행동할까. 나는 궁금해했다. 어째서 경우의 존재에 대해 순수하게 감동하고 고마워하는 대신 의아해하고 얼마쯤 수상하게 여겼을까. 경우와 가장 친한 사람이 되고 싶었고 오래 같이 지내고 싶다는 생각을 했다. 경우가 집을 구하고, 그애의 소원대로 어머니와 함께 지내게 되더라도(경우라면 분명히 그렇게 할 수 있으리라 여겼다) 그때도 서로 연락을 주고받을 수 있기를 바랐다. 하지만 어두운 마음 한편에는 저렇게 가식적이고 답답한 애는 도무지 나와 어울리지 않는다고 선을 긋고, 그애에게 과하게 의미부여를 하는 나를 부끄럽게 여기며 경우에게 정을 떼기 위해 마음속으로 고군분투했다.

35

나는 이따금 성연과 세준, 영철, 정희와 지민(혜연이라는 이름은 도무지 익숙해지지 않았다)이 어떻게 살고 있는지 궁금했다. 나만 변호인의 보호를 받은 것이 미안했고, 아이들이 배신을 당했다고 생각할까봐 겁이 나기도 했다. 혹시나 악의를 품고 보복을 하지는 않을지 걱정하며 잠을 설친 밤도 있었다. 또 한편으로 사는 동안 그 아이들과 어떤 식으로든 엮이고 싶지 않았다.

선고를 받은 후 우연으로라도 아이들을 만나는 일은 없었다. 몇년 전 버스를 타고 가다가 손잡이를 잡고 있는 손등에 조잡한 꽃 모양 문신이 있는 여자를 보고 지민으로 착각해 나는 내릴 정거장이 아닌데도 서둘러 내렸다. 슬며시 눈을 들어 떠나가는 버스를 확인하니 여자는 지민과 전혀 다른 얼굴이었다. 나는 나의 이런 마음이 모순적이라는 것을 알았다. 그 아이들로부터 소외될까봐 전전긍긍하던 시절도 있었는데, 이제는 그 아이들을 우연히라도 마주치고 싶지 않은 마음이 너무나 기묘하고 이기적이라는 생각이 들었다.

세탁. 나는 나 자신이 과거를 세탁하고 싶어 한다는 사실을 깨닫고 약간 징그럽다고 느꼈다. 아무도 나를 모르고, 나도 잘 모르는 도시에서 새출발 하기로 마음먹은 것은 바로 이 이유였다.

경우가 죽고 아주 오랜 시간이 흐른 듯했다. 희미한 웃음인지 울음인지가 입에서 비어져 나왔다.

36

이호가 돌아온 후, 나는 기쁜 티를 내지 않으려 일부러 퉁명스럽게 말했다.

"꼴이 그게 뭐냐."

"왜요? 별로예요?"

이호는 해맑게 웃으며 평상에 벌러덩 드러누웠다. 이호는 샛노랗게 머리를 염색했다. 까무잡잡한 그애 얼굴에 도무지 잘 어울린다고는 말할 수 없는 색이었다. 그 옆에 앉아 이호의 머리를 만져보았다. 모발이 굵고 빗자루처럼 뻣뻣했다.

"솔직히 말해봐요, 형. 혼자 심심했죠."

"난 혼자가 아니야. 여기에 얼마나 많은데."

"아, 그만 좀 해요. 무서워요."

이호가 진저리를 치며 벌떡 일어나 앉았다. 이호는 생각보다 겁이 많고 내가 귀신 얘기를 할 때마다 고약한 장난을 친다며 질색하지만 이것은 장난도 아니고 내가 부인한다고 해서 없어질 것도 아니기 때문에 나는 어깨를 으쓱하고 말았다.

이호는 주워들은 말을 속사포처럼 쏟아냈다. 나의 혼잣말이 자꾸 귀신들을 불러온다고, 그래서는 안 된다고, 자기를 알아봐주길 기다리는 귀신들이 계속 몰려들 거라고 말했다.

"그러니까 그만 말해요."

"알았어. 너 있을 땐 말 안 할게."

이호의 신발 끈이 풀려 있었다. 나는 쭈그려 앉아 운동화 끈을 묶었다.

"태어나서 처음이에요."

"뭐가."

"누가 내 신발 끈 묶어주는 거요."

나는 멈칫했다.

"어릴 때. 누군가가 묶어줬을 거야. 네가 기억 못할 뿐이지."

나는 확신하지도 못하면서 어른 흉내를 내며 말했다.

"정말 그럴까요."

"그래."

"그랬으면 좋겠네요."

나는 그럴 거야, 분명히 그랬을 거야, 하고 무언가를 다짐하듯 말했다.

"형. 저 그만둘까요? 지금 하는 일이요."

나는 이호와 눈을 맞추고 진심으로 하는 말인지 아닌지 가늠했다. 이호의 어색한 미소 속에 붙잡아주길 바라는 마음이 엿보였다. 내 마음에 작은 불씨가 살아나는 것 같았다.

"관두고 용돈 받으면서 학교 다녀. 그러면 되잖아."

"주말 알바 같은 거 하려고요. 용돈은 좀… 솔직히 지금도 민폐잖아요. 더 신세지기 싫어요."

"져도 돼. 괜찮아. 나는 네가 여기서 학교 다니면… 진짜 좋겠어."

이호는 잠시 대답을 망설였다. 언제나 나의 관심을 부담스러워하더니 무슨 바람이 불었는지 갑자기 그렇게 하겠다고 말했다.

"사실은요, 공부를 다시 할까, 학교에 다시 갈까, 그런 생각 계속 하긴 했거든요. 근데 제가 학교 가면 다들 싫어할 것 같아요. 가면 착한 척해야 하는데 솔직히 그것도 어렵고, 이미 늦었나 싶기도 하고요."

나는 이호의 고민에 그럴듯한 정답을 내주고 싶었지만 그런 걸 내가 알 리 없었다. 그때 이호 손등의 상처가 눈에 들어왔다. 담뱃불로 지진 흔적 같았다. 무심코 경우라면, 상처에 바를 약을 사다주었을 것이란 생각을 했다.

"안 늦었어. 너무 깊이 생각하지 말고 그냥 해. 도와줄게."

오랜 시간 동안 누군가를 아끼고 사랑하는 것에는 관심을 두지 않고 후회를 곱씹는 일에만 성실히 복무했다. 아무것도 갈구하지 않는 것으로 죄책감을 덜어내고 싶었던 것이다. 삶에 애착을 가지지 않는 소심한 방식으로 사과를 건네고 싶었다. 그러나 이런 건 경우가 전혀 바라지 않는 방식일 테지.

죽은 자와 다름없는 삶이라고 내가 아무리 주장해봤자 나는 살아 있다. 아무리 떨어도 내 체온은 36.5도인 것이다. 이 반성 없는 몸으로 앞으로도 살아가겠지. 이런 내가 이호에게 손을 내밀어도 되는지, 자신이 없었다.

"정말 고마워요, 형."

이호가 내게 말했다.

어디선가 따듯한 바람이 불어왔다. 나의 심연에서 바람이 휘돌며 서서히 내 몸을 녹였다. 이런 온기를 오래전부터 꿈꿔왔지만 막상 따스함을 느끼니 내게는 이런 안온함을 누릴 자격이 없는 것 같아 괴로워졌다. 하지만 익숙해

지기를 바랐다. 부디 한번 더 기회가 주어지기를. 햇볕을
쬐면 정화되기를. 경우 없는 세상에서도.

마음이 천천히 자라는 시간

백지연

1. 소설이 보여주는 '이후'의 세계

백온유의 소설이 다루는 기억의 세계는 인물들이 붙들려 있는 한 시절의 고통과 경험을 세밀하게 포착한다. 특히 소설이 중점적으로 다루는 10대 청소년들의 삶은 가족과 사회가 연결되는 지점에서 발생하는 고통과 결핍의 세계를 생생하게 드러내왔다. 『유원』에서 화재 사고 당시 언니와 이웃의 희생으로 구출된 후 트라우마를 안고 사는 주인공, 『페퍼민트』에서 오랜 시간 병원에 누워 있는 어머니를 돌보는 주인공은 '사건 이후'의 시간들이 일상을 회복하는 고군분투의 시간임과 동시에 생물학적 성장의 시간이기도 한 이중의 힘겨운 체험임을 보여준다.

사회적 참사와 연동된 '그날의 사건'은 10대의 청소년들이 겪어야 하는 상실 이후의 우울과 애도의 문제를 정면으로 제기한다. 인물들이 고통을 극복하는 과정에서 마주하는 슬픔과 분노, 죄책감과 두려움, 수치심과 회피의 마음은 개인들의 경험과 감정이 사회적 공동체와 얽힌 복합적인 관계를 잘 보여준다. 백온유의 소설은 '이후'의 시간을 어떻게 살 것인가에 대한 인물들의 고뇌를 통해 소설이라는 장르가 가닿을 수 있는 가장 깊은 시간의 지층으로 향하고자 한다. 현재의 시간에 스며드는 기억과 분투를 벌이는 그의 소설을 읽고 있으면 "기억이야말로 그 어떤 것보다 중요한 서사적 능력이다. 오로지 방대한 기억 덕택에 서사 문학은 한편으로 사물들의 흐름을 자기 자신의 것으로 만들 수 있고 다른 한편으로 그 사물들의 사라짐이나 죽음의 폭력과 화해를 할 수 있"*다는 말이 떠오른다.

『경우 없는 세계』에서 작가가 직접적으로 다루는 소재는 집을 나온 청소년들이 당면한 핍진한 생존 현실이다. 이제는 어른이 된 주인공의 시선을 통해 회상하는 10대

---

* 발터 벤야민 『서사·기억·비평의 자리』, 최성만 옮김, 길 2012, 439면.

시절은 단순한 과거의 상처가 아니라 여전히 생생하게 숨쉬는 현재의 시간이다. 폭력과 불안의 상황에서 탈출하여 거리에 나온 청소년들은 자신들을 의탁할 수 있는 새로운 '집'을 찾지만, 거리의 현실은 이들에게 하루하루 위태롭고 불안한 생존 문제를 절감하게 한다. 청소년 주거 문제와 미성년자의 노동 현실에 대한 세세한 포착을 통해 사회적 돌봄의 문제를 예리하게 제기하는 이 소설은 성장의 시간에 스며 있는 어둠과 불안의 마음을 세심하게 탐색한다. 소설은 부모와 가족의 관계에서 고통과 상처를 입은 아이들이 거리에서 만나 함께 생활하면서 겪는 다양한 삶의 풍경을 침착하고도 객관적인 시선으로 포착한다.

갈등의 서투른 봉합이나 안이한 도식의 결말을 경계하는 백온유 소설의 묵직한 화법은 사회적 약자들을 제대로 품지 못하는 지금 사회가 당면한 문제를 날카롭게 형상화한다. 그런 의미에서 "도망도, 외면도 쉬운 일은 아니다"* 라는 소설의 나지막한 고백은 그의 작품이 바탕으로 삼는 깊은 신념의 세계를 내비치는 듯하다. 인물들이 통과하는 10대 시절은 현재의 삶을 누르는 고된 과거인 동시에 또

---

* 백온유 『페퍼민트』, 창비 2022, 13면.

다른 의미로 고통의 원인을 곱씹고 성찰하는 동력이 되는 시간이다. 기억과의 분투를 회피하지 않는 이 담담하고도 진실된 태도는 그의 소설 인물들이 자리 잡는 현실적인 삶의 자세에서 온다.

2. 거리의 삶, '우리집'의 세계

주인공인 '나'(정인수)는 골목길에서 차에 일부러 부딪치는 한 소년의 자해사고를 목격하고 지금도 잊을 수 없는 A의 존재를 떠올리게 된다. 자신을 알지 못하는 낯선 동네에 정착해 공장에서 노동하며 생계를 이어가는 '나'는 오래전부터 A의 죽음과 관련된 기억으로 환촉과 환각에 시달리고 있다. '살갗을 에는 듯한 한파'의 환촉으로 고통을 느끼고, 우글거리는 귀신들의 존재로 잠을 이루지 못한다. 이렇듯 살아 있어도 살아 있지 않은 듯한 고통 속에 살아가는 '나'는 집을 나와 거리에서 먹고 자는 청소년 이호에게서 자신의 10대 시절을 보게 된다. 자해사고를 막기 위해서 '나'는 이호에게 옥탑방에서 당분간 살기를 권유하는데, 뜻밖에도 이호와 함께 생활하면서 환촉과 환각의 증세가 완화되는 것을 느끼게 된다.

주인공이 시달리는 감각적인 고통은 12년 전 가출한 10대 시절, 자신이 목격한 비극적 죽음과 관련되어 있다. 오래전 아버지의 폭력과 그를 방관하는 어머니를 견디지 못해 처음 가출한 '나'는 PC방에서 만나게 된 이성연과 함께 이곳저곳을 떠돌며 하루하루를 보낸다. PC방, 노래방, 뒷골목과 모텔촌에서 무리 지어 다니는 아이들의 세계에 합류한 '나'는 거리의 삶을 통해 미성년 아이들이 노출된 폭력과 불안의 생존 현실을 접하게 된다.

소설은 주인공 정인수의 기억을 통해 우리 사회 인권의 사각지대라고 할 수 있는 거리 청소년들의 삶을 세밀하게 추적한다. 가출청소년, 비행청소년 등으로 불리며 사회적 편견의 대상이 되는 10대 청소년들이 자신의 생존을 위해 어떤 일거리를 찾고 어떤 공간에서 머물게 되는가가 소설에 실감나게 드러나 있다. 가출한 청소년들이 자신의 삶을 보호하기 위해 무리를 짓고 함께 공동생활을 하는 과정에 대한 세심한 소설적 형상화는, 시민으로서 권리를 보호받지 못하는 사회적 약자들의 문제를 생각하게 한다. "공원 화장실에서도 자고, 건물 층계참에서도 자고, 돈 있을 땐 PC방 가거나… 24시 카페도 가고… 무인

텔도 가고…"(21면)라는 이호의 말에서도 드러나듯이 하루의 잠을 의탁할 공간을 위해 아이들은 끊임없이 장소를 옮겨 다닌다.

주인공 역시 처음에 이호처럼 거리에서 떠돌다가 같은 10대 소년인 성연과 경우를 만나고 이들과 공동생활을 시작하게 된다. 화장실, 계단, 빈 건물, 무료급식소를 떠도는 아이들은 노동의 현실에서도 안전한 일자리를 찾지 못한다. 미성년이라는 이유로 법적 권한을 행사할 수 없어 주거공간도 직접 계약할 수 없다. 취약한 법적 위치로 어른들의 노동 착취에 동원되는 이들의 현실은 소설 속에서 성연과 '나'가 호프집 아르바이트에서 임금을 제대로 받지 못하는 에피소드로 형상화된다.

소설에서 아이들은 노숙자인 주영이 비워놓은 '우리집'에 우연히 모여들며 주거공간을 확보하게 된다. 집에 모인 여러 아이들은 다양한 방식으로 돈을 마련하며 생활을 이어나간다. 미성년 아이들이 돈을 벌 수 있는 경로는 배달 아르바이트, 서빙, 사기, 조건만남과 각목, 절도와 소매치기뿐이다. '나' 역시 이렇게 생계를 이어가는 아이들과 어울려 비행을 하게 된다. "오늘은 어떻게 끼니를 때울지, 어떤 편의점이나 마트가 경계가 느슨한지, 누구를 속이고 얼마를 뜯어낼지만 궁리했다. 일을 실행할 순발력과 실행력이 부족해 아이들이 물건을 훔치는 동안 직원에게 질문을 해서 주의를 끄는 역할만 주로 담당했던 내가 어느 날 대범하게 옷 속에 콘돔과 즉석복권을 숨겨 나오자 아이들은 즐거워했고 한껏 치켜세웠다."(80~81면)

어디에도 소속되지 않은 아이들이 모인 '우리집'의 세계에 새로운 기운을 불어넣는 존재는 '경우'이다. 소설에서 '나'는 난폭하고 충동적인 성연과 대조되는, 침착하고 어른스러운 경우에게 위화감을 느끼면서도 의지하고 싶은 마음을 느낀다. 경우는 자신의 기준에 맞는 성실한 노동으로 생계를 잇고, 주변의 10대들을 함께 돌보면서 집다운 집을 마련하려고 노력한다. 스스로도 취약한 존재이면서 약자들의 삶을 돌보고 배려하는 '경우의 세계'는 '우리집'의 공간에 희미한 빛을 불어넣는다.

경우는 돌봄과 환대를 통하여 '우리집'을 진짜 '집'의 세계로 만들어가고자 한다. 아이들이 아무 때나 드나들며 머무는 쓰레기통 같은 공간이 된 집을 늘 청소하고 정돈하며, 가스비와 전기세를 제때 내고, 어떤 방식으로든 공동생활의 안전과 질서를 만들려고 한다. 경우의 분투는 그 자신이 살고 싶은 '집'의 꿈을 드러내는 것이기도 하다. 소설은 주거권이 보장되지 않은 아이들이 안간힘을 다하여 만들어가려는 공동체의 삶이 무엇인지를 경우의 꿈을 통해 보여준다. 상대적으로 어른스러워 보이는 경우 역시 보육원에서 성장하여, 언젠가는 엄마와 살겠다는 꿈을 지닌 10대 소년에 불과하다. "그냥 같이 사는 거지. 작은 방 구해서. 엄마랑 같이 저녁 먹고 밤에 산책하는 거, 그런 걸 하는 거지."(99면)

아이들이 '집'의 이름 속에 모여드는 주거공간은 잠시나마 휴식과 보호를 제공하는 곳이다. 성인이 된 '나'에게도 '우리집'은 비극적 사건이 발생한 고통의 공간으로 기억되지만, 당시 아이들이 서로를 기대던 유일한 쉼터의 공간이기도 했던 것이다. "매일 북적거리던 집, 이름도 모르던 아이들과 어깨를 맞대고 자던 집"(114면)의 세계는 이들에게 임시적인 거주지 이상의 개방적인 유대가 존재하던 곳이다. 그곳은 '누구의 소유도 될 수 없는', 누구에게나 열려 있는 공동공간의 모습으로 그려져 있다. '나' 역시 따뜻한 가정에 대한 갈망을 놓지 못하여 집에 몰래 다녀오기도 하지만, 결국 자신의 몸을 누이게 되는 곳은 아이들이 있는 '우리집'이었던 것이다.

그러나 한편으로 이러한 공동체의 쉼터인 '우리집'의

세계를 낙관적으로만 그리지 않는 것이야말로 이 소설이 보여주는 두터운 현실감각을 보여준다. 이곳은 폭력의 세계에 이미 노출되어 있는 약자들의 생존 사투가 벌어지는 공간이기도 하다. 경우가 안간힘을 써서 지키려고 했던 '우리집'의 세계는 가끔씩 드나들던 A의 끔찍한 죽음을 통해 한순간에 지옥으로 변한다. 자해공갈로 사고를 내서 돈을 벌려던 A는 어느 날 뺑소니 사고를 당하고 위급한 상태로 '우리집'에 찾아온다. 하루 사이에 A가 숨을 거두자 아이들은 놀랍고 두려운 마음으로 이 사건을 은폐하는 끔찍한 공모를 하게 된다. 갑작스럽게 발생한 이 비극의 세계는 '우리집'과 '경우의 세계'를 단숨에 조각낸다.

취약한 존재로서 그 누구의 보살핌도 받지 못한 가운데 죽음을 맞이한 A와 그의 시신을 아이들이 몰래 매장하는 사건은 아이들의 불안과 공포를 극단적으로 보여준다. 읽는 이에게 깊은 충격을 안겨주는 이 사건은 사회적 안전망에 소속되지 못한 10대 청소년들의 위태로운 자리를 실감하게 한다. 이들이 타인의 죽음에 대해 가지는 윤리적 무감각, 사회에 대한 불신, 공포와 두려움은 어른들이 지키지 못했던 세계가 무엇인지를 여실히 보여준다. 자신의 선의와 도덕을 지키려고 했던 경우마저도 어머니와 함

께 살 수 없을지도 모른다는 두려움 속에 시신의 불법 매
장에 가담하게 되는 끔찍한 상황에 처한다.

'우리집'에 모여든 아이들은 자신들에 대한 세간의 평가
를 증명하기라도 하듯 상식적이지 않은 결정을 내렸다. 아이
들의 불안에 불을 지핀 것은 나지만 그런 나조차 아이들을 경
멸했다. 우리는 증오를 받아 마땅한 존재들이었다. 억울해해
서는 안 되는 존재들이었다.(190~91면)

A의 죽음으로 겁에 질린 아이들이 그의 시신을 묻는 참
담한 결정을 하게 되는 장면은 보호받지 못하는 약자의
세계가 처한 폭력적 현실을 환기한다. 정작 차 사고를 내
고 가버린 운전자는 도망쳤지만, 죽은 아이에 대한 책임
은 함께 있던 아이들에게로 돌아간다. 소설은 한걸음 나
아가 아이들이 왜 이런 결정을 내렸는가에 대해서도 심도
있는 질문을 던진다. 죽음이 죽음으로 다루어지지 않는
현실, 생명의 안전과 존엄이 보장되지 않는 삶이 불러오
는 윤리적 무감각의 세계에 대해서 주인공은 묻고 또 묻
는다. "우리 역시도 그 정도는 맞아봤고 그 정도는 굶어봤
으니까, 그 정도는 떨어봤으니까, 차에 치였다는 말에도

무감했던 것일까."(183면)

　이 소설의 탁월한 지점은 화자인 '나'를 통해 비극적
사건 앞에서 스스로를 합리화하는 나약한 인간의 마음을
끊임없이 뒤집어보는 대목에서 발견된다. 두려움을 이기
지 못해 아이들과 죽음의 은폐를 공모했지만, 사건의 발
생 후 '나'는 죄책감과 불안을 떨치지 못하고 온몸의 증상
으로 트라우마를 호소한다. 결국 나의 호소에 공명한 경
우는 자수를 선택하게 되고 모두 법정에 서는 결말을 맞
는데, 정작 아버지의 돈과 힘을 통해 '나'는 무죄로 방면
된다. 상대적으로 어른스러워 보였던 경우 역시 '나'의 혼
란스러운 회피의 방식에 훗날 상처를 입게 되고 결국 둘
은 끝내 다시 만나지 못한다. 경우의 갑작스러운 사고사
이후 '나'가 느끼는 고통과 후회는 고스란히 자신의 몫으
로 남는다. "기억은 시간이 지날수록 옅어지고 바래지만,
귀신들은 시간이 지날수록 짙어지고 깊어진다"(249면)라
는 주인공의 고백은 "내가 진 죄로부터 자유로울 수 없으
리라는 것"(250면)을 담담하게 받아들이는 대목으로 이어
진다. 누구도 쉽게 동정하거나 비난할 수 없는, 자신만이
감당해야 하는 몫을 지고 가는 인물의 모습 앞에서 우리
는 묵묵한 여운을 느낄 수밖에 없다.

3. '경우 없는 세계'를 살기 위하여

백온유의 소설은 비극적 사건 이후의 파장을 감당하는 인물의 오랜 방황과 고투를 통해 집과 가족을 벗어나 거리에 나선 청소년들이 처한 현실의 폭력을 과장 없이 들여다본다. 소설은 취약한 존재들이 이룬 공동체가 예고된 것처럼 비극적으로 깨져나가는 장면을 담담하게 보여준다. 이 작품이 도달하는 궁극적인 질문은 '경우 없는 세계'를 살아나가는 현재의 시간에 놓여 있다.

'나'는 10대 시절의 고통스러운 기억을 돌아보면서 성인이 되어서도 자신이 아직 그 트라우마의 한복판에 놓여 있음을 자각한다. 경우가 '나'에게 보여준 사랑과 믿음, 배려와 돌봄의 세계는 그의 죽음과 함께 사라진 것처럼 보였다. 과연 '경우 없는 세계', 그리고 그 '이후'의 시간들을 어떻게 살아갈 것인가.『유원』과『페퍼민트』의 세계를 거쳐 작가는『경우 없는 세계』에서 어른들이 아이들과 함께 살아갈 공동 세계에 대해 직접적인 질문을 던진다. 여전히 부모의 존재로부터 심리적으로 자유롭지 않고 지난 과오를 안고 살아가는 '나'가 던지는 이 진지한 질문은 사회구성원인 우리 모두에게로 향한다.

　시간이 흘러서 어른이 되었고 자신처럼 집을 나와 거리에서 방황하는 소년에게 숙식의 도움을 줄 수 있는 입장이 되었지만, '나'는 여전히 자신의 마음에 의존성이 남아 있음을 느낀다. 누군가 함께 있어야 한기를 느끼지 않는, 약하고 의존적인 스스로를 발견하는 것이다. 백온유 소설에서 흥미로운 것은 이러한 사회적 트라우마와 개인의 관계를 다루는 유연하고도 다각적인 시선이라 할 것이다. 이 소설의 주인공이 표출하는 혼란스럽고 불안한 마음은 손쉬운 동의나 공감을 허락하지 않는다. 자신을 혐오하고 불안해하면서, 한편으로는 그 깨진 마음의 조각 사이로 타인들의 이기적인 욕망에 스스로를 동화하는 복잡한 심리를 세세히 보여주고 있는 것이다. 끊임없이 자신의 나약함과 부족함을 드러내면서 어떠한 방식으로든 삶을 감당하려고 안간힘을 쓰는 이 심리적 분투의 과정은 그 어떤 편한 경로도 선택하지 않겠다는 결심을 보여주는 듯하다.

　사회적 참사가 남기는 깊은 파장의 시간, 그리고 공동체 구성원들이 지녀야 할 심성의 세계에 대해 예리한 질문의 추를 드리우고 있는 이 소설에서 우리는 마땅히 직시하고 품어야 할 공동의 세계를 만난다. 소설은 죄책감과 수치심, 나약하고 의존적인 마음과 더불어 우리에게 누군가를 염려하고 돌보는 마음도 함께 있음을 잊지 않는다. 그런 점에서 이 소설이 따라가는 혐오와 불안의 정동은 그 자체로 솔직한 기록인 동시에 애도의 과정을 찬찬히 밟아나가는 마음의 성장 과정을 보여준다고 할 수 있다. 이 겸허하고도 신실한 서사의 분투에 깊은 경의를 표하지 않을 수 없다.

白智延 | 문학평론가

　내가 들키지 않으려 노력하고 애쓸수록 미숙함은 쉽게 들통난다. 나이가 든다고 해서 저절로 성숙한 어른이 되는 것은 아니라는 걸 이제는 안다. 어른다운 어른이 되는 길은 여전히 요원하지만 그럼에도 시간은, 이전에는 미처 보지 못했던 풍경을 가만히 멈춰서 살필 수 있는 시선을 주었다.

　사랑을 받아본 사람이 사랑을 줄 수 있다는 말. 예전에는 그런 말들을 당연하게 생각했고 의문을 가지지 않았다. 양육자의 사랑과 신뢰를 경험하지 못했지만 그런 티를 내지 않으려고 안간힘을 쓰며 살아가는 사람에게 '너는 사랑받고 자란 티가 난다'는 말은 칭찬으로 다가올까,

상처로 남을까. 스스로 던진 이 질문의 답을 오래도록 고민했다.

배려를 받지 못한 아이, 좋은 어른을 경험하지 못하고 자란 소년이 커서 성숙한 어른이 된다는 것은 무척 어려운 일일 것이다. 그러나 불가능한 일은 아니다.

청소년기에 가출한 경험이 있거나 소년원에 가본 경험이 있는 인터뷰이들을 만나 그들의 이야기를 들으며 나 또한 편견에 가득 찬 사람이라는 걸 인정할 수밖에 없었다.

내 질문이 무례한 건 아닐까, 공격적으로 느껴지지는 않을까, 그들이 내게 반감을 가져서 솔직한 대답을 해주지 않으면 어쩌나 걱정했는데 인터뷰 요청을 받고 나온 그들은 미리 준비해 간 내 질문에 성의껏 대답했다. 그러다가도 아, 이런 말 불편하시죠, 작가님은 좀 이해 안 되시죠, 믿기 어려우시겠지만, 변명이라는 것 저도 아는데요, 하고 어린 날의 자신의 행동을 설명하며 난감해했다. 나는 아니요, 충분히 이해돼요, 저 같아도 그랬을 것 같아요, 솔직한 말씀 감사합니다, 저한테 도움이 많이 되고 있어요, 하고 그들을 독려하며 조금 더 내밀한 이야기를 끌어내려 노력했다.

하지만 내가 정말 이해했는지, 이해를 하면 얼마나 했

는지, 그들의 말을 경청하는 도중 나도 모르게 얼굴을 찌푸리지는 않았는지… 인터뷰를 끝내고 돌아오는 길에서의 마음은 후련하기는커녕 매번 답답했고 그래서 자책하게 되었다.

소설을 다 쓴 지금, 내가 또 잘못 짚은 것이 없는지, 안일하게 처리한 부분이 없는지 곰곰이 떠올려보지만 지금 당장은 발견할 수 없을 것이다. 시간이 한참 흐른 후에 후회하며 깨닫겠지.

『경우 없는 세계』를 쓰는 동안 수없이 많은 수정이 있었다. 지치지 않고, 무지한 나를 이끌어주신 김가희 편집자님께 감사의 말을 전하고 싶다.

2023년 3월

백온유

경우 없는 세계

초판 1쇄 발행 • 2023년 3월 30일

지은이 / 백온유
펴낸이 / 강일우
책임편집 / 김가희
조판 / 황숙화
펴낸곳 / (주)창비
등록 / 1986년 8월 5일 제85호
주소 / 10881 경기도 파주시 회동길 184
전화 / 031-955-3333
팩시밀리 / 영업 031-955-3399 · 편집 031-955-3400
홈페이지 / www.changbi.com
전자우편 / lit@changbi.com